ガヤ ガヤ
ワイ
ワイ
ガラッ
矢野が転校するって！
まじかよいつ？
ザワ…
…明日って言ってた
明日ぁ！？
ザワ
矢野くんが転校しちゃう…

サプライズでお別れ会やらない？

いいね！

私たち準備するから
クラス委員同士千奈は矢野の相手よろしく！

えええ？？？？

私と矢野くんは担任への誕生日プレゼントという名目でクラスのアルバムを作ることになった
これどうかな？

全部買えばよくね？

キュ…

悪い　俺…

体育祭
総合3位
体育祭
惜しかったよな
総合3位
矢野くん
リレーで大活躍
だったよね！
すごかった！
ほんとすごい！
そんなすごいすごい
いうなよ
矢野君のいろんな
表情を知って
距離が近づいた
気がしたよ

このままお別れなんてそんなの嫌だ
矢野くん!あのね・・・・
今伝えるよずっとあなたが好きでした

野いちご文庫

放課後、キミとふたりきり。

夏木エル

STARTS
スターツ出版株式会社

CONTENTS

沢《さわ》井《い》千《ち》奈《な》

絵を描くのが好きな美術部所属の高校2年生。同じ学級委員の矢野にひっそりと片思い中。内気でおひとよし、自分に自信がないけれど学級委員をつとめている。ある日、クラスの大役に抜擢されて…。

矢《や》野《の》瞬《しゅん》

千奈と同じクラスの学級委員でクラスのリーダー的存在。イケメンで何でもはっきり言うタイプ。実は中学生の頃から千奈のことが気になっているのに、不器用な性格で素直に優しくできず…。

吉岡《よしおか》茅《かや》乃《の》

千奈の親友。大人っぽい色気のある知的美人で、年上の頼りないタイプが好み。千奈のことを自慢の友だちとして大切に思っている。

栄田《さかえだ》

矢野の友だちで、明るく元気いっぱいのクラスのムードメーカー。愛されキャラで、女の子からは、“いいひと”と言われるタイプ。

藤枝《ふじえだ》由《ゆ》香《か》里《り》

矢野の元カノ。強引でわがままで、見た目も性格もお嬢様タイプ。矢野とヨリを戻したくて、猛アプローチ中。

矢野くんが明日、
転校するらしい。

始動《しどう》

情報の漏洩

——バンッ！

突然教室に響《ひび》き渡《わた》った音に、みんないっせいに廊下《ろうか》のほうを見た。

箸《はし》でつまんだからあげが、ぽろりと落ちる。

あわてたけれど、からあげは空《から》になっていたお弁当箱の中に落ちて無事だった。

大好きだから最後にとっておいたのに、もし床に落としていたら悲しすぎる。

ホッとしながらわたしも廊下のほうに目をやった。

ドアを叩《たた》きつけるように開いたらしい男子生徒が、入り口に立っている。

うつむいていてその顔は見えないけれど、染《そ》めて痛んだ短髪《たんぱつ》というヘアスタイルで、それが誰《だれ》なのかはすぐにわかった。

「なんだよ栄田《さかえだ》。ドアぶっ壊《こわ》れんだろ〜」

近くにいた男子がからかうように声をかけても、彼は無反応《むはんのう》だ。

ドアを開けたままの姿勢《しせい》で、一時停止《いちじていし》のボタンを押されたように固まっている。

「おーい。どうした栄田」

「腹でも痛いのか？」

「女子に告白でもされたか？」

「栄田が？　そりゃねぇわ〜」

男子たちがどっと盛り上がる。

そう好き勝手言われている栄田くんは、このクラスのムードメーカー的存在だ。

授業中でもじっとしているのが苦手な彼は、隙《すき》あらば場を盛り上げようとするお調子者で、小柄だけれど声が大きくて、とても目立つ。

女の子が大好きらしいけれど、女子たちにはいつも猿《さる》だ子猿《こざる》だと言われ、あまり相手にされていない。

かといって嫌《きら》われているわけでもなく、決してイケメンではないけれど、明るく元気な性格で、どちらかというと愛されキャラでもある。

「異性《いせい》としてはナイけど、友だちとしてはアリ」とはわたしの親友の弁《べん》だ。

そんな愛すべきいじられキャラの栄田くんが、ゆっくりと顔を上げる。

そばかすの浮いた頬《ほお》が引きつっている。

いつも笑顔の彼の、らしくないこわばった表情に、そばにいた生徒が顔を見合わせた。

いったいどうしたんだろう。

みんなに注目されるなか、硬《かた》い表情で栄田くんが口を開く。

「……た」

「は？　なんだって？」

「……って、聞いた」

「何《なに》言ってんだよ栄田。聞こえねーよ」

数人が、彼に耳を向けるようにしてそばに寄っていく。

本当にどうしちゃったんだろう。

栄田くんはクラスの誰よりも大きな声でしゃべり、先生にもよく「授業中の私語《しご》くらい小さい声でできないのか」とあきれられているくらいなのに。

集まってきた友人たちを前に、栄田くんは唇《くちびる》を噛《か》むと、天井を見上げ叫《さけ》んだ。

「矢野が転校するって聞いたっつったんだよ！」

やけくそ気味《ぎみ》に放《はな》たれた言葉に、教室がしんと静まり返る。

窓の向こうから、校庭で遊ぶ生徒の笑い声がやけに大きく聞こえてきた。

「いやいや……は？」

「栄田。今なんつったの？」

栄田くんに注目したまま固まっていた生徒たちが、ゆっくりと時間を取り戻していく。

教室にざわめきが戻り、一瞬《いっしゅん》ピンと張り詰《つ》めていた空気が、だらりと弛緩《しかん》するのがわかった。

けれど、わたしはみんなのようには動けなかった。

箸を持つ手はそのままに、同じように動かない栄田くんを見つめることしかできない。

心臓《しんぞう》がドクドクと、嫌《いや》な速度で鼓動《こどう》する。

身体《からだ》の奥から響くそれは、まるで大雨で増水《ぞうすい》した川の流れのように怖《おそ》ろしく感じた。

「ちょっと、千奈《ちな》。大丈夫?」

一緒にお昼ごはんを食べていた吉岡茅乃《よしおかかやの》が、心配そうに顔をのぞきこんできた。

錆《さ》びついたように固まった首を、無理やり茅乃のほうに動かす。ギギギと音が聞こえてきそうなほど、その動きは鈍《にぶ》かった。

「だ」

「だ?」

「だいじょう、ぶ」

なんとか返事をし、笑顔を作る。

茅乃が変な表情を浮かべたので、たぶんわたしは笑顔作りに失敗したんだろう。

無理に表情筋《ひょうじょうきん》を動かすことはあきらめて、栄田くんたちのやりとりを見守る。

「矢野が転校するって？　はあ～？」

「もう少しマシなウソつけよ」

「つまんねーよ」

野次《やじ》る男子たちに、そうだそうだとクラスメイトのほとんどが同調《どうちょう》する。

そんな仲間《なかま》たちをキッと小さな目でにらみつけ、栄田くんはまた叫んだ。

「ウソじゃねーよ！　こんなウソついてどーすんだよ!?」

そして再び、教室が静まり返る。

今度は温度の低い静けさだった。

誰もが口を開くのをためらっている。

矢野くんが、転校する……？

栄田くんの叫びを受け止めきれず、ちっとも落ち着かない鼓動を抑《おさ》えるように、胸に手を当てた。

矢野瞬《やのしゅん》くん。

同じ二年二組のクラスメイトで、栄田くんとは親友のような間柄《あいだがら》の男子だ。

わたしはあまり個人的な接点がないので、彼のことはほとんど知らない。

知っていることと言えば、帰宅部《きたくぶ》で、放課後《ほうかご》はほぼ栄田くんやほかの帰宅部の男子と過ごしているらしいこと。

そしてわたし、沢井《さわい》千奈と同じ、このクラスのクラス委員だということくらい。

ムードメーカーの栄田くんとは雰囲気《ふんいき》が真逆《まぎゃく》だけれど、矢野くんもこのクラスの中心人物だ。

勉強もスポーツもできて、存在感《そんざいかん》があり、発言力もあって、自然とみんなに頼《たよ》られる人。

人前に立つのが苦手で、高校二年にしてすでに裏方《うらかた》人生を歩んでいるわたしとは全然違う人。

そして、わたしがひそかに想《おも》いを寄せる人。

クラス委員になったのも、わたしと彼では経緯《けいい》がまるで違う。

四月のクラス替えのあと、委員を決めるHRで、クラス委員の枠《わく》がなかなか埋《う》まらなかった。

立候補《りっこうほ》する人がいなくて、そろそろHRも終わるという時間になっても教室は静まり返り、みんなが顔をうつむけお通夜《つや》のようになっていた。

しばらく膠着《こうちゃく》状態が続いたけれど、中学からの友人の推薦《すいせん》によって、わたしに白羽《しらは》の矢が立った。

みんなに頼《たの》まれ断りきれなかったけれど、向いていないのは自覚《じかく》していた。

人前に立つことはもちろん、それ以上に、大勢《おおぜい》の人をまとめることが苦手だ。

指示されて動くほうが断然《だんぜん》向いている。というか、それしかできない。人を動かすというのは、選ばれた人間にしかできないことなのだ。

それがわかっていても断れなかった。

委員の仕事を受けることよりも、誰かの頼みを断るほうがもっと苦手だから。

残るは男子のクラス委員を決めるだけとなった時、矢野くんがなかなか決まらない話し合いに飽《あ》きた様子で、「グダグダ長いんだよ。仕方《しかた》ねぇから、俺がやってやる」と立候補をした。

その時も「さすが矢野！」「矢野なら安心だ」とみんなに喜ばれていた。

誰もが「誰かやってくれないかな～」と考えているのが明白《めいはく》な空気のなか、手を挙《あ》げられる矢野くんをすごいと思った。

純粋《じゅんすい》に、尊敬《そんけい》している。憧《あこが》れてもいる。

ただわたしは、彼のことが好きなのに、同時に苦手でもあった。

そんなわたしの思いをよそに、男子たちの会話は続いている。

「……マジで言ってんの？」

「矢野が転校するって、本人が言ったのか？」

食い下がるクラスメイトに、栄田くんが答える。

「さっき……職員室《しょくいんしつ》で小森《こもり》先生と矢野がしゃべってんの、聞いちゃったんだよ」

「マジかよ。転校って、いつ？」

その問いかけに、栄田くんは一瞬息を吸い込み、こう言い放った。

「……明日」

「明日ぁ!?」

誰もがその答えを待つあいだの水を打ったような静けさから一転《いってん》、ハチの巣《す》をつついたような騒《さわ》ぎになった。

みんな信じられないという顔でとまどっている。

わたしだって、すぐには信じられない。

明日、矢野くんが転校する？

本当に……？

「なぁ。矢野が転校するって、知ってた奴《やつ》いる？」

栄田くんの問いかけに、クラスメイトはそれぞれ顔を見合わせ、揃《そろ》って首を横に振った。

わたしも情報通《つう》として知られる茅乃をちらりと見る。

目が合うと、親友は同じように首を振って否定《ひてい》した。

「栄田が知らなかったのに、ほかの奴が知ってるわけねーじゃん」

「そうだよ。知ってるとしても、女子じゃなくて男子でしょ？」

「あ、待って。藤枝《ふじえだ》さんなら知ってるかもじゃない？」

誰からか不意《ふい》に挙げられた名前にドキリとする。

五組の藤枝さんは、校内でも有名なスタイル抜群《ばつぐん》の美人で、矢野くんの元カノだ。

廊下を歩くだけで、映画のワンシーンのように周りを魅了《みりょう》する、一度見たらなかなか忘れられない綺麗《きれい》な人。

同時に、とてもわがままなお嬢様《じょうさま》だというのも有名な話だ。

ふたりが別れたのは、一年の夏頃だっただろうか。

ふたりが付き合っているというのは入学してからの周知《しゅうち》の事実で、別れたということもすぐにウワサが広まった。

藤枝さんは、矢野くんが転校することを聞いているのかな。

別れてからも、友だちとして付き合いはあったみたいだし、彼女が知っていた可能《かのう》性《せい》は高い。

「矢野が転校って、まじかー。なんかショック」

「えっ」

目の前の茅乃がそんなことを言いだしたので、驚《おどろ》いて手にしていた箸を落としてしまった。

「千奈、お箸落ちたよ」

「な、なんでショックなの？」

「えー？　そりゃショックじゃん。クラスメイトがいきなり転校するなんて聞いたらさぁ」

「あ……そっか。そうだよね」

「それに矢野ってイケメンだし」

「えっ。か、茅乃って、もしかして矢野くんのことが――」

好き、だったりするの？

続かなかったわたしの言葉を察《さっ》したのか、茅乃がケラケラ笑う。

その時彼女の歯に青のりがついてたのが見えた。

今食べていたちくわの磯辺《いそべ》揚《あ》げだろう。

せっかくの美人が台なしだ。まあ茅乃はそういうことをあまり気にしない子なんだけど。

「違う違う！　目の保養《ほよう》がいなくなるのは視界《しかい》的に寂《さび》しいってこと！　わたし矢野はタイプじゃないし。もっと年上で、頼りなーい感じの人がいいもん。うちのコモリンみたいなさあ」

「茅乃って、好み変わってるよね……」

頼りがいのある年上、ならわかるんだけど。

ちなみにコモリンとは、うちのクラスの担任、化学教師の小森先生のこと。彼が茅乃の好みにピッタリらしい。

優《やさ》しく穏《おだ》やかな先生で人気だけど、うっかり者で少し頼りない人なのだ。しょっちゅう配布物《はいふぶつ》を職員室に忘れてくるし、授業の変更《へんこう》もよく伝え忘れる。白衣にコーヒーの染《し》みをつけているのはもはやデフォで、先日はクリーニングのタグもつけっぱなしになっていた。

それを指摘《してき》されてもあわてるでもなく、のほほんと笑っている人。

それがこのクラスの担任、小森先生なのだ。

一方、わたしの親友でもある茅乃は、グラマラスな、大人っぽい印象《いんしょう》の美人だ。学校の情報通としても知られていて、男女ともに人気のある目立つ存在。

わたしの自慢《じまん》の親友は、そういう小森先生のダメなところがたまらないらしい。

同年代より母性《ぼせい》が強いのだと言っているけれど、年下にはその母性は発揮《はっき》されないようなので、やっぱりただ好みが一般的じゃないというだけなんだと思う。

茅乃が話を進める。

「それに比べて矢野はしっかりしすぎだし、あと目つき悪すぎ」

「まあ……たしかに顔は、ちょっと怖《こわ》いけど」

「ちょっと～？　千奈ってば、矢野にめちゃくちゃビビッてるくせに」

「そ、そんなにびびってないよ」

矢野くんは鼻筋《はなすじ》の通った整《ととの》った顔をしているけど、背が高くて目が鋭《するど》く、いつもしかめっ面《つら》をしていて威圧《いあつ》感がある。

少し癖《くせ》のある黒髪を無造作《むぞうさ》にセットしていて、制服をゆるく着崩《きくず》すスタイルは不良っぽく見えなくもない。

口調も男っぽく荒いので、二年に上がって同じクラスになった時には、住む世界の違う危《あぶ》ない人だと思っていた。

そんな危険《きけん》な人がクラス委員なんて、するわけないんだけど。

矢野くんはいつでも的確《てきかく》に、端的《たんてき》にものをしゃべるし、暴走《ぼうそう》しがちな栄田くんのストッパーでもあるので、クラスでも一目《いちもく》置かれている。

「どーすんだよ、栄田」

「矢野を問い詰めるか？」

「問い詰めるって、んなことしてなんになるよ」

「だってムカつくじゃん。明日っていうことは、俺らに何も言わずに転校するつもりなんだろ？」

そう、それだ。

みんなきっと、そこにショックを受けているんだと思う。

何を隠《かく》そう、わたしがそうだから。

矢野くんが転校することを教えてもらえなかったことが、とてもショックだ。同じクラス委員をやっているというだけで、栄田くんのように彼と特別仲がいいわけじゃないのに。

それでもとても、ショックだった。

だからこそ矢野くんの親友である、栄田くんの衝撃《しょうげき》は計《はか》りしれない。職員室でたまたま耳にしなければ、矢野くんが転校することを知らないまま、明日の別れを迎《むか》えていたかもしれないのだ。

きっと、とても傷《きず》ついただろう。

「お別れ会とか……やりたくない？」

「明日、やる？」

「矢野本人が何も言ってねーのに？」

「だよな。なんでアイツ何も言わねーんだろ」

「せめて言ってくれたら、いろいろできたのにね……」

当《とう》の矢野くんが教室にいないため、居合《いあ》わせたクラスメイトたちが相談をはじめた。

騒がしかった教室の空気が、一気にお通夜のように暗くなる。

わたしの心にも、まっ黒な雨雲みたいな重い悲しみが押し寄せた。

明日、矢野くんが転校する。

つまり明日で、彼にはもう会えなくなる。

この教室から、彼の姿だけが消えてしまう。

それを悲しい、寂しいと思う人がこんなにいるのに、どうして矢野くんは今日まで誰にも話さなかったんだろう。

「じゃあ……言わせりゃいいじゃん」

ぽつりと、栄田くんがつぶやく。

小さな瞳《ひとみ》が、はっきりとした強い意志をもって光って見えた。

「矢野本人に、言わせりゃいいじゃん」

言ってほしい。

そう、栄田くんの心が叫んでいるように聞こえた。

悔《くや》しくて、腹立《はらだ》たしくて、何より……寂しい、と。

背の高くない栄田くんの、華奢《きゃしゃ》な肩が震《ふる》えている。

いつも笑顔を絶やさない彼のそんな姿に、何も感じずにいられる人がいるわけない。

クラスメイトの心がひとつになった瞬間だった。

「……だな。言わせてやろうぜ！」

「何か事情《じじょう》があんのかもしんねーけど、知ったこっちゃねーよな」

「どうせアイツ、かっこつけてるだけだって」

「せっかくだもん。言わせるだけじゃなくて、泣かせちゃおうよ！」

「えー。矢野くんを？」

「矢野が泣くとか想像《そうぞう》つかねーわ！」

「で、どうすんの？　誰が言わせる？」

盛り上がりはじめるみんなに、栄田くんはほっとしたように力なく笑った。

それを見て、なぜかわたしもとても安心した。

よかったと、ひとり胸をなでおろす。

見ていた茅乃が、小さく笑った。

「栄田ってさぁ」

「うん」

「チビで口軽くて女好きでアホだけど、友だち思いのイイ奴だよね」

茅乃の散々《さんざん》な言いように苦笑《くしょう》してしまう。

年上好きの茅乃は、同年代の男子への評価《ひょうか》が日頃から辛《から》い。

でも、最後の部分は強く共感《きょうかん》できた。

「うん。矢野くんのこと、大好きなんだろうね」

女の子にはモテないようだけど、男子には大人気の栄田くん。

彼に男友だちがたくさんいることはみんな知っている。

同じ学年の男子は全員彼の友だちなんじゃないかというくらい、栄田くんは人気者だ。

その理由が今、少しわかった気がした。

ちなみに栄田くんは女友だちも多い。

それが恋愛にはひとつも発展《はってん》しないと、よく嘆《なげ》いているけれど。

そんな栄田くんが弱音《よわね》をはいた。

「アイツに言わせるとか、俺無理。ボロ出す自信ある」

「あー。栄田はなぁ。口軽いから……」

「たしかに……」

「そもそも、矢野の転校のこともソッコー俺らにバラしてるしな……」

「クラス全員にな……」

「う、うるせーよ！　じゃあお前らやれよ！」

顔を赤くしながら、からかってくる男子たちを指差《ゆびさ》す栄田くん。

それを見て、なんとなく周りに集まってきていた女子はみんなくすくす笑っている。

もうすっかりいつもの栄田くんだ。

「いや、俺たちが集団で行ったらよけい怪《あや》しまれるだろ」

「女子相手なら案外《あんがい》言うんじゃね？」

そんな男子たちの発言に、女子たちも知恵をしぼる。

「矢野くんとそんなに仲いい女子なんていないよぉ」

「彼、うちらのこと避《さ》けてるっぽいし」

「アイツ硬派《こうは》気取ってっからなー」

そう、矢野くんは栄田くんと違って、どちらかというと女子を苦手視しているふしがある。

女子とはあまりしゃべらないし、女子から話しかけられてもニコリともしない。

だからこそ、同じクラス委員になって、わたしはびくびくしっぱなしだった。

彼の機嫌《きげん》を損《そこ》ねないよう、極力邪魔《きょくりょくじゃま》にならないようにと考えてばかりいた。

けれどそんな努力もむなしく、わたしは矢野くんに嫌われている。

たぶんクラスどころか学年、学校全体の女子の中で、わたしが一番彼に嫌われていた。

そんなことを思い傷つきながら、ぼんやりと周りの会話に耳をかたむける。

「矢野とふたりきりになって違和感《いわ》ない女子か……」

そこで、なぜかクラス中の視線がわたしに向けられた。

ギョッとして、今度こそ箸を床に落としてしまう。

ああ、しまった。

水道で洗ってこないと、最後のからあげが食べられない。

視線の集中砲火《ほうか》には気づかないフリをして、箸を拾いあげる。

そのまま何食わぬ顔で窓のほうを向いた。

うーん、今日もいい天気だなあ。

見上げた青空を、カラスがすいと飛んでいく。

そうやってやり過ごそうとしたけれど、後頭部《こうとうぶ》に突き刺さるみんなからの視線は消えてはくれなかった。

「……沢井さんしかいなくね？」

「えっ」

とうとう、ひとりの男子に名前を挙げられ、つい振り返ってしまった。

すると正面からクラス中の視線を浴び、椅子《いす》から転《ころ》げ落ちそうになる。

大勢に注目されるのは苦手なのだ。

クラス委員になりみんなの前に立つようになっても、人の視線にはちっとも慣れなかった。

だらだらと、背中を嫌な汗がつたっていく。

「だよな。矢野と同じクラス委員だし」

「なんかクラス委員だけ残んなきゃいけない用事でも考えてさぁ」

「え、え、ちょ」

思わぬ展開に、うろたえるわたし。

どうにか拒否《きょひ》しなくちゃと焦《あせ》っても言葉が出てこない。

「ちょ、ま、待って……っ」

わたしだって無理だよ！

同じ委員というだけで、全然仲良くなんてないことは、みんなも見てたらわかるはずじゃん！

そう叫べたらどれほどよかったか。

言えない。どうしても言えない。

人に頼られると断れない性分《しょうぶん》なのだ。

役割を与えられると、それがどういう内容であってもがんばらなくちゃと思ってしまう。子どもの頃からそうだった。

人見知りで内気な性格で、目立つことが嫌いだった。人の目ばかり気にしてしまうのに、人の輪の中からは怖くて出られない、寂しがりな自分。

助けを求めて、すがるように茅乃に目を向けたけれど、親友はなぜか面白がるように笑いながら黙ってわたしを見つめるだけで、救いの手を差しのべてくれる様子はない。

それどころかニヤニヤと、妙に楽しそうに見える。

わたしがこういう状況が苦手だと知っているくせに、薄情《はくじょう》すぎじゃないかな。

女子のひとりが、いいこと思いついた！とでも言いたげにこう発した。

「じゃあさ、クラスでパーティーすることにすれば？」

「なんのパーティー？」

「あ、誕生日《たんじょうび》は？　誰か誕生日の奴いねーの？」

「そんな都合《つごう》よくいるわけないじゃん」

わたしの意思《いし》はそっちのけで、どんどん話が進んでいく。

カナヅチのくせに、うっかり流れるプールに入ってしまったような気分だ。溺《おぼ》れながらどんどん急流に流されていく自分が脳裏《のうり》に浮かぶ。

どうしよう。

このままじゃ本当にとんでもない大役を押しつけられてしまう。

あの矢野くんに転校することを彼の口から言わせるなんて、絶対無理。

まず彼とふたりきりになる時点《じてん》ですでに無理。

今までも、ＨＲで教壇《きょうだん》に並んで立つのですら、緊張《きんちょう》しすぎて呼吸の仕方を忘れそうになるくらいなのに。

ふたりきりになんてなろうものなら、きっと心臓が爆発《ばくはつ》してしまう。

「じゃあでっちあげれば良くね？」

「はいはーい！　コモリンの誕生日ってことにすればいいと思う！」

まるで子どものように腕をぴんと上に伸ばし、はりきって提案《ていあん》したのは、なんと目の前の我が親友だった。

長いまつ毛にふちどられた瞳が、無邪気《むじゃき》にきらきらと輝いている。

「か、茅乃さん……？」

あまりの衝撃で倒れそうになり、思わず敬語《けいご》で話しかけてしまった。

信じられない。

いったい茅乃は何を考えてるんだろう。

ここは「ちょっと待って！　千奈ひとりにまかせるのはかわいそうじゃない？」と、一方的に盛り上がるみんなにストップをかける場面じゃないのか。それを率先《そっせん》して進めてどうするの。

もういっそのこと、我慢《がまん》せず倒れてしまったほうがいいだろうか。

それくらいしないと、この役目から逃れられそうになかった。

「担任の誕生日だから、クラス委員が中心になって準備するために残る、でどう？」

わたしの心の叫びを知らずに、得意げに提案する茅乃。

「茅乃、いいじゃん！　それ自然だよ！」

「誕生日パーティーの準備ってことにして、明日のお別れ会の準備しちゃう？」

「ちょうどいいね！」

「じゃ、決まりだな！」

クラス中から同意の声があがった。

「ま、ま、ま、待って……」

冷や汗をだらだらかきながら、ちぎれそうなくらい勢いよく首を横に振った。

わたしにできるわけがない。

ほかに適任《てきにん》の人が絶対いる。

わたしがやるくらいなら、生物室《せいぶつしつ》の人体模型《じんたいもけい》を持ってきて椅子に座らせておいたほうがまだマシだ。だって人体模型は人の視線に恐怖《きょうふ》して、椅子から転げ落ちかけたりはしないだろうから。

向いていない。絶望《ぜつぼう》的なまでに向いていない。

みんな考え直したほうがいい。そう言いたかったのに。

「よろしくね、沢井さん！」

うれしそうな栄田くんにイイ笑顔を向けられ、クラス中から期待《きたい》に満《み》ちた目を向けられてしまえば。

「は……はい」

もう、うなずくしかなかった。

この状況でNOと言えるほど、わたしの心臓に毛は生えていない。

むしろ無毛《むもう》と言っていいと思う。

落ち込むわたしに、親友が満面《まんめん》の笑みで親指を立ててきた。

無神経《むしんけい》にもほどがある。

「じゃあ細かく打ち合わせを……」

「栄田！　矢野戻ってきたぞ！」

教室の入り口で、廊下を見張っていたらしい男子が叫んだ。

壁《かべ》の時計を見れば、いつの間にか昼休みが終わるギリギリの時間になっている。

「やっべ！　えーと、じゃあ矢野抜きで、メッセージアプリのグループ作るから全員参加な！」

「おっしゃ。午後の授業は全部作戦会議《さくせんかいぎ》だな」

「お前ら先生に見つかんないようにしろよ？」

「くれぐれも矢野には秘密《ひみつ》で！」

バタバタと、みんなあわてて自分の席へと戻っていく。

被害妄想《ひがいもうそう》だろうか。一致団結《いっちだんけつ》したクラスメイトたちが妙に楽しそうな顔をしているように見えたのは。

遅れてわたしもノロノロと、食べかけのお弁当箱を片づけはじめた。
最後の楽しみにと残しておいた好物《こうぶつ》のからあげを、食べる気さえなくなっていた。

緑の密談

机《つくえ》の上で顔をおおう。

心臓がバクバクいって、手がかすかに震えていた。

とんでもないことになってしまった。

数十分前に戻ってやり直したい。

戻れたとしても、わたしのことだからきっと拒否することはできないだろう。だからはじめから関わらないよう、教室を出てトイレかどこかでやり過ごしたい。

本気でそんな不可能《ふかのう》なことを願った。

「どうしてこんなことに……」

「どんまい、千奈」

「どんまいって……茅乃の裏切者《うらぎりもの》～！」

「いやいやいや。わたしはいつでも千奈の味方《みかた》ですから」

大丈夫だって、と無責任に肩を叩いてくる茅乃に、思わず恨《うら》めしい視線を送ってしまう。

何が大丈夫なんだ。

全然大丈夫じゃない。不安要素《ようそ》だらけじゃないか。

やっぱり別の人にお願いしたほうがいい。

なけなしの勇気《ゆうき》をふりしぼり、みんなにそう言おうとした時、ウワサの矢野くんが教室に戻ってきてしまった。

開きかけた口を、ゆっくりと閉じる。

あとで言う。絶対に言う。

そう心に誓《ちか》いながら、彼の姿を目で追った。

ポケットに手を入れて、眠たそうにあくびをしながら現れた矢野くん。

いつもと変わった様子のない彼を見ると、明日転校するなんて、やっぱりウソじゃないのかと疑いたくなってくる。

しんと静まり返るクラスに何か異変《いへん》を感じたのか、矢野くんがいぶかし気に顔を上げた。

「……何みんなして、こっち見てんだよ？」

矢野くんの低い声に、クラスメイトたちはそれぞれハッとしたように目をそらしたり、ぎこちない笑顔を作ったりする。

かく言うわたしも、様子をうかがいながらも彼と視線が合わないようにするのに必死だ。

「お、おー矢野。久しぶり！　元気だった？」

「はぁ？　頭でも打ったか栄田」

「や、矢野！　栄田が頭おかしいのはいつものことだろ！」

すかさずほかの男子がフォローする。

「そりゃそうだけど……」

さらに別の男子に肩《かた》を組まれ、それをうるさそうに押しのける矢野くん。

警戒《けいかい》しているように見えるのは、気のせいだろうか。

「遅かったな矢野！　何してたんだ？」

「プリント出しに職員室行くって、俺さっき言わなかったか？」

「あー！　そういえば言ってたな！　そうだった！」

「コモリンは元気だったか!?」

「……なんか、お前らおかしくね？」

いつになく距離を詰めてきて、やけに声を張る友人たちに、矢野くんの眉《まゆ》がどんどん寄っていく。

ダメダメだ。みんな見事《みごと》にテンパっている。

わたしも大根《だいこん》役者の自覚があるけれど、みんなも相当だ。

こんな調子じゃすぐにバレるんじゃないかとハラハラしたけれど、タイミングよく次の授業の先生が教室に入ってきたので、ほっと胸をなでおろした。

たぶん、みんな「助かった」と思っただろう。

矢野くんは首をかしげながら、自分の席へと歩いていく。

その背中を、クラス中が目で追っていた。

すると視線に気づいたように振り返る矢野くん。

そこでなぜかわたしと目が合い、驚きすぎて勢《いきお》いよく顔を伏《ふ》せた。

しまった、不自然すぎた。

今の態度《たいど》はあまりにも失礼だなと思ったけど、どうすることもできない。

冷や汗をかきながら固まっていると、授業の号令《ごうれい》がかかる。

それからようやくそろりと顔を上げると、矢野くんはもう席につき、前を向いていた。

わたしのせいで、せっかくのみんなの計画が台なしになるのは絶対に避けたい。

やっぱりわたしにあの矢野くんの口を割らせるなんて大役、務まるはずがない。

確実に失敗する。

むしろ失敗する以外の未来が想像できない。

「ねぇ茅乃。どうしたらいい？　わたし無理だよ……」

藁《わら》にもすがる思いで、前の席の茅乃に小声で話しかける。

さっき裏切られたばかりだけれど、本当にほかに頼れる相手がいないのだ。

それなのに、茅乃が前を向いたまま「大丈夫だってば」なんて軽く返してくるので、本気で泣きたくなる。

「全然大丈夫じゃないよ。まともに会話できるかすら怪しいのに」

「だから大丈夫だって。千奈はビビリすぎ。取って食われるわけじゃないんだし、もっと肩の力抜いていこ？」

「抜けたらこんなに悩まないよ……。だいたいさ、矢野くんもわたしに何か言われたりされたりするの、嫌だと思う。栄田くんにも話していないような大事なことを、わたしに話してくれるはずないじゃん」

つい恨みがましく言った時、ようやく茅乃はちらりとこちらを向いた。

「やだ。あんた、もしかしてまだ春のこと気にしてるの？」

春のこと。

それはわたしにとって、忘れたくても忘れられない、ズキズキとした痛みを伴《ともな》う思い出だった。

クラス委員が決まったあと、彼に言われた言葉を一言一句《いちごんいっく》もらさず覚えている。

本当は教科係《きょうか》になる予定だったところを、みんなに推薦されクラス委員をまかされた。

HRが終わってクラスメイトが帰り支度《じたく》をするなか、わたしは勇気をふりしぼって矢野くんに話しかけてみた。会話をするのもほぼ初めてだった。

『あ、あの矢野くん、クラス委員、わたしちゃんとできるかは自信ないけど……』

あきらめの境地《きょうち》で受け入れたわたしの様子を見て、矢野くんはつまらなさそうにこう言った。

『お前さ、クラス委員が嫌なら嫌って言えよ』

言われたわたしは、予想外の言葉にぽかんとしてしまった。

それは、嫌、という言葉がこれっぽっちも頭になかったから。

向いてないとか、無理だとか、そういう否定的なセリフはいくつも頭を埋めつくしていたけれど、嫌だという気持ちは本当になかったのだ。

『委員じゃなくて、なんかの係になるつもりだったんだろ』

『そうだけど……でも、もう決まっちゃったし』

そう答えるのが精いっぱいだった。

『お前はそれでいいわけ?』

『う、うん。仕方ないよ。これ以上話し合いが長引くのもみんな困るだろうから。誰かがやらなきゃ、HRも終わらないもんね』

だから矢野くんも渋々《しぶしぶ》でも立候補したんだろう。

だったら自分の気持ちもわかってもらえると考えていたわたしに、彼はがっかりしたような目を向けてきた。

『その誰かがお前である必要はないんじゃねぇの』

『え……』

『高校生にもなって、自分の意見ひとつまともに主張できねぇのかよ』

そう言い捨てて、彼はカバンを手に教室を出てしまった。

記憶《きおく》にも心にも刻《きざ》まれたそれは、そのまま心の傷になってしっかりと残っている。

「もう忘れなよ。矢野も悪気《わるぎ》があって言ったわけじゃないんだし」

このことは茅乃にしか話していないけど、万事《ばんじ》前向きな彼女には傷つくようなことではないみたいだ。

顔を前に戻しながら若干《じゃっかん》あきれたように言われ、返答に詰まる。

まるでわたしの心が狭《せま》いと言われているようで、面白くない。

「べつに矢野くんを恨んでるとかじゃないよ。わたしじゃなくて、矢野くんが嫌だろうって思って……」

「それこそなんでよ？　ちゃんと一緒にクラス委員もやってるし、普通に話してるじゃん」

あっけらかんと言い放つ親友に唖然《あぜん》として、目の前の後頭部を見つめた。

癖のないさらさらの黒髪が、無性《むしょう》に憎《にく》らしくなる。

「い、一緒にやってるって言っても、ほとんど矢野くんが司会進行で、わたしは言われたとおり黒板に書き込んだりしてるだけだよ。行事の時だってみんなをまとめるのはいつも矢野くんで、わたしは何もしてないし。それにふたりで話してる内容も、必要最低限のことばっかりで……」

「千奈」

さっきよりも少し強い口調で呼ばれ、口を閉じる。

前を向いている茅乃の顔は見えないのに、どんな表情をしているのかなんとなくわかってしまう。

「矢野は千奈が思ってるほど、怖い奴じゃないよ」

「……でも」

「千奈はもっと自信をもったほうがいいって。こんなにいい子、そういないってわたしは思ってるんだよ？　自慢の親友なんだから」

「茅乃……」

そんなふうに思ってくれていたんだ。

感動して涙を流したいところだけれど、残念ながら今はその余裕《よゆう》がなかった。

「やっぱり無理！　うまくいく気がまるでしない！」

机に突っ伏し、腕の囲《かこ》いの中で本音をはきだす。

机の下で足をバタバタさせるわたしに、前の席からあきれたようなため息が聞こえてきた。

「この子は……まったくもう」

それきり、茅乃は何も言わなくなった。

淡々《たんたん》と進んでいく授業をどこか遠くに聞きながら、矢野くんの口を割ろうとする自分を想像してみる。

けれどやっぱり最悪の結果しか頭に浮かばなかった。

だいたい、同じクラス委員だからという理由だけでわたしが選ばれるっておかしくないかな。

わたしが矢野くんを苦手に思っていることを茅乃が知っているように、矢野くんがわたしをよく思っていないことだって、栄田くんは知っているはずだ。

矢野くんの前でいつもオドオドしてしまうわたしに、彼がいつも少しイラ立っていることくらい、栄田くんだけじゃなくクラスメイトなら気づいているはずだ。

それなのに、どうしてみんなわたしにまかせようとするんだろう。絶対にうまくいくはずないのに。

みんなの考えがちっとも理解できない。

突っ伏していた顔を、少し横にずらす。

すると教科書や机の陰《かげ》に隠しながら、スマホをいじるクラスメイトたちの姿が見えてハッとした。

あわててわたしも机の中にしまっていたスマホを確認する。

サイレントモードにしてあるスマホの画面に、ポップアップが表示されていた。

栄田くんが言ってたメッセージアプリの、グループへの招待だ。

そうだ、このグループトークで言えばいいんだ。

やっぱりわたしには無理だから、誰かほかの人にまかせたほうがいい、と。そうメッセージを送ればいい。

面と向かっては断りにくくても、画面上でならNOと言える気がする。意気地《いくじ》なしのわたしでも、文字を打つことくらいはできるはずだ。

少し明るい気持ちになって意気《いき》込《ご》んで画面をタップし、一気に血《ち》の気《け》が引いた。

「ひぇ……っ」

なんてことだ。

わたしがうだうだと悩《なや》んでいるうちに、トークは止まらないベルトコンベアのようにどんどん進んでいた。
今こうして固まっているあいだにも、次々にみんなのメッセージが表示されては流れていく。

【矢野に言わせ隊】(37)　≡＞

栄田＜(で？　直接聞いちゃダメならどうする？)
茅乃＜(自称《じしょう》矢野の親友はどう思うわけ？)
栄田＜(自称って言わないで！)
栄田＜(　ウワ――。。(pД`q*)。。――ン　)
戸辺《とべ》＜(顔文字きもい)
沖屋《おきや》＜(顔文字きもい)
高居《たかい》＜(顔文字きもい)
堀江《ほりえ》＜(顔文字きもい)
茅乃＜(栄田きもい)

栄田＜（吉岡さんそれただの悪口ー‼）
由香《ゆか》＜（茅乃ちゃん辛辣《しんらつ》～ｗ）
玲美《れみ》＜（いいぞーもっとやれー）
栄田＜（女子もっと俺に優しく‼）
茅乃＜（栄田きもい）
栄田＜（ぶろーくんはーと‼）

茅乃……。
あきれて目の前のスリムな背中を見る。
これは完全に面白がっているな。
トークを見る限り、矢野くんのことを真剣《しんけん》に話し合っている感じは全然しなかった。
今なら言えるかもしれない。
いや、今しかない。
覚悟《かくご》を決めて文字を入力していく。
そうやっているあいだにも、またどんどんみんなの会話は進んでいった。

【矢野に言わせ隊】（37）≡＞

千葉《ちば》＜（ふざけてねーで、決めようぜ）
久保《くぼ》＜（時間ないもんね）
茅乃＜（とりあえず、明日はパーティーでしょ）
高居＜（お別れ会も何するか決めねーと）
柴崎《しばざき》＜（お菓子《かし》とジュース買って？）
那智《なち》＜（ゲームとかする？）
戸辺＜（寄せ書きとか）
栄田＜（そういうのは俺らであとで決めよう）
栄田＜（まずは沢井さんをどうするかだ！）

思わず文字を打ち込む指が止まる。
どう言えば角《かど》が立たないか悩んでいるうちに、話が真面目《まじめ》な方向に進んでいた。急しまった。

いで無理だと言わないと。

でも、どう伝えたらみんな考え直してくれるだろう。

わたし、演技力がないから？

本番に弱いから？

ウソがつけないタイプだから？

矢野くんとは正直、仲良くないから……？

事実なだけに、最後のは自分で傷ついた。

いや、傷ついて落ち込んでる場合じゃない。とりあえず、わたしには無理ってことだけは強く主張しておかないと。

ええと、ごめんなさい……できる気がしないから……誰かほかの人に……。

教科書の陰にスマホを隠しながら文字を入力していると、栄田くんの新たなメッセージが表示された。

【矢野に言わせ隊】(37)　≡∨

栄田∧（おーい、沢井さん見てる？）

栄田へ（もしかして不安？）
栄田へ（沢井さんひとりに押しつけちゃったもんね）
栄田へ（でも気負《きお》わなくていいよ！）
栄田へ（うまくいってもいかなくても、明日はパーティーするし！）

送信しようとしていた親指が止まった。
うしろのほうの席にいる栄田くんを、ちらりと振り返る。
彼は真剣な表情で教科書を……もとい、教科書に隠したスマホを見ているようだ。
栄田くん、わたしのことを心配してくれてる。
あんなに矢野くんのことでショック受けていたみたいなのに。
今、一番必死になっている人なのに。

栄田へ（俺らもフォローするからさ）
栄田へ（だからごめん。お願いします！）

唇をきゅっと噛む。

胸の奥に生まれた迷《まよ》いが、無意識にそうさせた。

栄田くんは本当に必死だ。

矢野くんのことを想って、考えて、悩んで動いている。

じゃあ、わたしは……？

わたしは何もしなくていいの？

このまま何もせず、逃げて、みんなにまかせるだけで、わたしは——？

頭の中で天秤《てんびん》が大きく動く。

右にかたむいたかと思えば今度は左に。

左にかたむいたかと思えば今度は右に。

ちっとも定まらず揺《ゆ》れ動き、わたしを惑《まど》わせる。

わたしは、矢野くんが苦手だ。

嫌われているという自覚があるし、自分を嫌っている人の前に立つのは誰だって怖いだろう。

だから、彼の前ではいつも緊張してしまう。

わたしの前だと不機嫌そうな顔になる矢野くんが苦手。

でも本心では、怖いと思う気持ちと同じだけ憧れてもいた。

いつも自分に自信をもっている彼をすごいと思う。

誰に何を言われても、自分が納得しなければ首を縦《たて》に振らない彼が。嫌なものは嫌だとはねのけられる彼が、わたしにはとてもまぶしく見える。

だからといって、決して矢野くんのようになりたいわけじゃない。というか、たぶんわたしは彼のようにはなれない。

でも本当は、人に頼られることを望んでいるのは、わたし自身なのだ。

だからこそまぶしい。

だからこそ尊敬した。

そして尊敬はいつからか、ほのかな恋心に変わっていった。

自分でも、嫌われているのに好きになるなんて、と最初は自分の気持ちを認められなかった。

今はなんというか、好きになってしまったものは仕方ない、とあきらめている。

わたしは矢野くんのことが苦手なのに、好きなのだ。

思い切り矛盾《むじゅん》しているけど、そうなのだ。

そんなわたしの複雑《ふくざつ》な胸のうちを、茅乃だけが知っている。

それだからこそさっきのあの態度だったんだろう。

わたしは自問自答《じもんじとう》する。
何もせず、好きになった人をただ見送るだけでいいの？
こっそりと恋をして、ひっそりと終わらせて、それで後悔《こうかい》はしない？
本当に、後悔しない……？
震える親指で、つるりとした画面をタップする。
ゆっくりと、入力したばかりの、送られることを待っていた文字たちを消していく。
そして新たにメッセージを入力していった。
さっきまでとは違う、新しい気持ちで。
なけなしの勇気をふりしぼり、送信ボタンをタップした。
緑色のフキダシが画面に現れる。

（クラスアルバムを作るのは、どうかな？）＞千奈栄田＜（それだ！）

茅乃＜（それだ！）

千葉＜（それだ！）

柴崎＜（それだ！）

由香＜（それだ！）

真奈《まな》＜（それだ！）

横溝《よこみぞ》＜（それだ！）

戸辺＜（それだ！）


メンバーみんなから、次々に天才だの、さすがクラス委員だのともてはやされ、自分でも苦笑いを浮かべる。

やってしまった。

早くも後悔の波が押し寄せてくる。

けれどなぜか、心は妙に晴れやかだ。

もうこれであとには引けなくなった。

やるしかない。

みんなのために、矢野くんのために、そして自分のために。

そこからは栄田くんがテキパキと、係を決めてみんなを振り分けていった。買い出し班《はん》や写真の印刷《いんさつ》班、ほかにもわたしへのフォロー班も。

どうしてだろう。

逃げ道がなくなり覚悟が決まったからか、ちょっとだけワクワクしている自分がいる。

緊張も不安も消えてはいないけれど、みんながいると思えば少しは前向きにもなれるし、気持ちを強くもてる気がした。

前方の席に座る、矢野くんの広い背中を見つめ、ひとり小さくうなずく。

がんばろう。

矢野くんと、ちゃんとお別れできるように、がんばるんだ。

指令

作戦開始

（もしかしたら、帰るのが少し遅くなるかも。でも買い物はしていくからね）＞千奈

今は仕事中だろうお母さんにメッセージを送り、顔を上げる。

いつもなら授業が終わるとみんなだらけた雰囲気になり、教室の空気もゆるむところだけれど、今日は違う。

矢野くん以外の全員が、緊張を隠しつつ彼の様子をうかがっている。

午後の授業が終わってすぐ、栄田くんが一番先に席を立った。

さっと周りを見回し、力強くうなずく。

矢野くんに言わせ隊、作戦開始だ。

「矢野！　ちょっといい？」

「あ？　なんだよ、栄田」

カバンに教科書類を詰めながら、顔も上げずに矢野くんが返事をする。

冷たく思えるけれど、これがいつもの彼だ。

男子にも女子にも、矢野くんは基本ぶっきらぼうな対応をする。

「矢野、放課後ヒマ？」

「ヒマじゃない」

間髪《かんはつ》を入れず答えた矢野くんに、栄田くんだけでなく教室全体が凍《こお》りつく。

みんな、しまったと思ったはずだ。

わたしたちがいくら作戦を練《ね》っても、矢野くんに用事があって、放課後残れなかったらまったく意味がない。

よく考えてみれば、明日で転校するということは、引っ越しも明日か明後日《あさって》くらいに予定されているだろうということ。

そうなると引っ越しの準備があるだろうし、忙《いそが》しいのは当たり前だ。

どうして誰もそのことに思い至《いた》らなかったのか。

「ウソウソ！　ヒマだろ？　ヒマだよな!?」

「だからヒマじゃねーって」

「お願いだからヒマって言ってくれよ～っ」

すがるようにして泣きマネをする栄田くんに、矢野くんはため息をつき、ようやく顔を上げた。

はっきりと「面倒《めんどう》くさい」と書かれているような顔を。

「うっせーなあ。なんなんだよ」

「ヒマになった!?」

「とりあえず、聞いてやるから用件を言え」

「やった！　あのさ、明日なんの日か知ってる？」

「知らね。はい、終了。もう帰っていいか？」

カバンを肩にかけて去ろうとする矢野くんに、栄田くんが本気の涙目《なみだめ》ですがりつく。

「待って待って待って！　なんと、明日は我らが担任、コモリンの誕生日なんだって！　ひゅーー！　やったね拍手《はくしゅ》〜！」

クラスメイトがハラハラと見守るなか、栄田くんは矢野くんの気を引こうと必死にがんばっている。

それはもう健気《けなげ》なほどで、見ているだけで泣けてきた。

ただしそう思うのは事情を知っているわたしたちだけで、矢野くんはますますどうでもよさそうな態度を強める。

「へー。で？」

「冷たいなその反応！　だからさ、明日俺らでサプライズ誕生日パーティーしてやろうぜ！」

「サプライズぅ？」

しかめられた矢野くんの顔に浮かぶ「面倒くさい」の文字がさらに濃《こ》くなる。

ほかにやりたい人がいなかったという理由でクラス委員になった矢野くんだけれど、本来はこういうイベントごとに率先して参加するタイプではないらしい。

そういえば、頭の回転は速いし人の使い方もうまいけれど、やる気がないのが玉にキズだと前に栄田くんが言っていたっけ。

「楽しそうだろ？　昼休み矢野がいなかった時に、みんなで考えたんだよ！」

栄田くんが必死の形相《ぎょうそう》で食い下がる。

「つまりそれは、クラス全員の総意《そうい》で決定事項《じこう》ってことか？」

「ザッツライト！　いでででで！　矢野！　耳を引っぱるな！」

矢野くんに両耳を思い切り引っぱられ、栄田くんが半泣きで抗議《こうぎ》する。

そうやってひとしきり栄田くんをいじめたあと、矢野くんは教室内をぐるりと見回すようにして、わたしたちをにらみつけた。

その瞬間、クラスメイト全員が、心の中で悲鳴《ひめい》をあげたと思う。

それくらい彼の顔は不機嫌そうにゆがんでいた。

ちなみに、わたしは気持ち的には十歩くらいあとずさりした。

実際は恐怖《きょうふ》で一歩も動くことはできなかったのだけれど。

「俺がいないとこで勝手に決めやがって……」

忌々《いまいま》しげにつぶやく矢野くんに、栄田くんや周りのクラスメイトが申し訳なさそうに謝《あやま》りはじめた。

「それはごめん。矢野、怒ってる？」

「いきなりすぎたよね」

「もっと前からわかってればよかったんだけどな」

「でも知っちゃったからには、何かしてあげたいし……」

「せっかくなら全員で祝《いわ》いたいだろ？」

そう、知ることができたから。

だから、みんなきちんと矢野くんとお別れがしたいんだ。

最後の日を、彼と楽しく過ごしたいんだ。

わたしもそう。

できれば笑顔で、彼を見送りたい。

みんなの言葉に矢野くんは大きなため息をつき、かついだばかりのカバンを机に下ろした。

「あーもう、わかったよ。しょうがねえな」

「矢野〜！」

「うぜえ！　抱きつくな！」

感極《かんきわ》まったように駆け寄る栄田くんを足蹴《あしげ》にしながら、矢野くんは自分の席に腰を下ろし、長い脚《あし》を組む。

堂々としたその様子は威圧感があり、まるで王様のようだ。

さしずめわたしたちは王様を崇《あが》める民衆《みんしゅう》か、いやいや、それとも召使《めしつか》いといったところか。

実際の関係性も実はそれに近いものがある。

矢野くんの言葉に逆らえる人はいない。

彼の言葉は鋭く厳しいけれど、言っていることはいつも正しいから。

「で？　サプライズパーティーっても、何すんのか決まってんの？」

「いちおうな！　飲みもんと食いもん買って、ゲームとかやって、あとコレ！　コレ重要！　我らが二年二組のアルバムをコモリンにプレゼントしまーす！」

「拍手〜」という栄田くんの声に合わせ、クラスメイト全員が拍手をする。

発案者《はつあんしゃ》であるわたしも、パチパチと小さく手を叩きながら矢野くんの反応をうかがった。

却下《きゃっか》されたらどうしよう、とドキドキする。

「ふーん。アルバムね。いいんじゃね？」

その答えを聞いた瞬間、よし！と小さくガッツポーズをした。

多少興味の薄そうな言い方ではあったけれど、王様から許可《きょか》が下りたのだ。

生まれて初めて、自分の出した意見を肯定《こうてい》された気がした。

「だろだろ？　これ、考えたの沢井さんだから！」

まさかここで名前が出されると思っていなかったわたしは驚き、ガッツポーズのまま固まってしまった。

矢野くんが意外だという表情でわたしを見てくるので、さらに硬直《こうちょく》して動けなくなる。

「へぇ。沢井が考えたのか」

「そう！　沢井さんって美術部で美的センスもあるから、アルバム作りも担当してもらうことにした！　だからお前もアルバム担当な！」

まかせたぞ、というように栄田くんに背中を叩かれ、矢野くんが怪訝《けげん》そうな顔をする。

「はあ？　なんで俺？　俺むしろそういう何か作るのとか、苦手なんだけど」

「でも同じクラス委員じゃん？」

「いや、クラス委員関係なくね？」

「ないな」

「ないのかよ」

しっかりしろ栄田。

クラス中がふたりのやりとりを見守るなか、そうななめうしろの席の男子がつぶやくのが聞こえた。

わたしも冷や汗をかきながら、心の中でがんばれと栄田くんを応援《おうえん》する。

「……ないけど、ま、まあ矢野と沢井さんはこのクラスのまとめ役なんだから、基本、教室で作業してもらって、各班の動きをチェックしといてほしいわけよ」

もっともらしい栄田くんの説明に、矢野くんは不本意《ふほんい》そうな表情をしながらもうなずいた。

「まあ、そういうことなら」

「よし！　買い出し班とか写真印刷班とか、それぞれ三つくらいに分けて動くからよろしく！」

「はいはい。……沢井」

矢野くんがわたしを見て名前を呼ぶ。

そのまっすぐすぎる視線に、びくりと肩が跳《は》ねた。

嫌っている相手でも、矢野くんはこうして目を合わせてくれる。

それなのに、わたしは怖くてそらしたくなってしまうのだ。

いや、怖いだけとは違う。恥ずかしさもあるのかもしれない。

彼のうしろ姿や横顔なら、いつまでもこっそりと見つめていたいと思う。

これは誰にも、茅乃にさえ内緒《ないしょ》にしていることだけど、実は授業中に隠れて彼の横顔をスケッチするのは、ほぼ日課《にっか》になっていたりする。わたしのひそかな楽しみなのだ。

彼がこちらを見ていなければ、いくらでも見ていたい。

それなのに正面で目が合った状態では直視《ちょくし》できない。

臆病《おくびょう》な心臓が破裂《はれつ》しそうだ。

わたしは緊張しながら「ひゃい」とおかしな返事をした。

思い切り舌を噛んでしまっただけなのだけど、みんなが注目しているので、恥ずかしくて穴を掘って飛び込みたくなる。

わたしのそんな羞恥心《しゅうちしん》など気づかない様子で、矢野くんは続けた。

「俺、マジでセンスないから役に立たないと思うけど、それでもいいのか？」

「あ、あの。わたしもべつにセンスがあるとかじゃないから、期待しないでほしいんだけど……」

「美術部だし、沢井はセンスあるだろ。俺の去年の美術の成績は二だ」

「えっ。に、二ですか」

ちなみに、うちの学校の成績評価は五段階ではなく十段階である。

普通は堂々と言えないことなはずだけれど、矢野くんは胸を張って告《つ》げた。

恥ずかしいなんて思っていないんだ。

大好きな美術で成績十をとれても、なぜか恥ずかしくて口にできないわたしとは、本当に違うなあと感心《かんしん》する。

「矢野はある意味画伯《がはく》だからさ。がんばってね、沢井さん」

栄田くんにさっきわたしがしていたガッツポーズで応援され、曖昧《あいまい》に笑って返した。

何をどうがんばればいいのか、さっぱりわからなかったのだけれど。

今人気のJポップミュージックが流れる店内は、カラフルでキュートな雑貨《ざっか》で埋めつくされていた。

商品棚《だな》には花柄、水玉、ストライプと、ひとつの商品でも何種類ものカラーや柄が揃っている。

キラキラしたラメやキュートなキャラクターものであふれた空間で、わたしは人生で一番の緊張を味わっていた。

学校の最寄《もよ》り駅に直結したショッピングセンターは、平日ながらそれなりににぎわっている。

その中にある雑貨や文房具《ぶんぼうぐ》を取り扱《あつか》うお店にわたしはいた。

すぐ目の前には、矢野くんもいる。

わたしたち以外のお客さんはすべて女性だということもあり、ここで彼の存在はものすごく浮いていた。

けれど矢野くん本人はそれを気にする様子もなく、さきほどから興味なさそうに棚に視線を送っている。

アルバム係に任命《にんめい》されたわたしたちは、写真班が写真を印刷しにいっているあいだ、その写真を貼《は》りつけるアルバムを買いにきたのだ。

放課後に男女ふたりがショッピングセンターで買い物なんて、まるでデートみたい……などという思いも一瞬頭をよぎったけれど、そんな甘い余韻《よいん》にひたっている余裕がわたしにあるわけがない。

学校を出てからここにたどり着くまで、そして着いてからも冷や汗が止まらずにいる。

どれくらいの距離をとって歩けばいいんだろう？

横に並んで歩くのと、少しうしろを歩くの、どちらが正解？

どんなことを話せばいいんだろう？

むしろ黙《だま》っていたほうがいいんだろうか？

そんなことばかり考えて、結局微妙《びみょう》な距離をあけて、少しうしろを静かに歩いていた。

矢野くんは時々振り返ってはわたしの存在を確認するけれど、あえて声をかけてくることもない。きっと、わたしの存在をもてあましているのだろう。

わたしみたいなつまらない女とふたりきりにされて、「やってらんねー」とか思っているに違いない。

クラス委員を一緒にやっている時の厳しい言葉に、彼にはただでさえ嫌われている自覚があるので、とにかく不快感を与えないようついていった。

「げ。アルバムってすげー高いのな」

アルバムコーナーを見つけ、ずらりと並ぶアルバムの背表紙《せびょうし》をたどりながら、矢野くんがつぶやく。

値札《ねふだ》を見てみると、千円くらいのものから五千円するものまであり、値段も形もピンキリだった。

必要経費《けいひ》はクラスメイト全員が三百円ずつ出しあったので、一万円近くある。

足りなければあとから徴収《ちょうしゅう》するから立て替えておけばいいらしい。

写真代とアルバム代がかなりかかるだろうと、栄田くんが言っていたのを思い出す。

「どういうのがいいの？」

「えっ⁉　ど、どういうのとは……？」

突然話しかけられ、声が裏《うら》返ってしまった。瞬時に矢野くんの目にあきれの色が浮かぶ。

いつもこんな感じなので、慣れたといえば慣れたけれど、傷つかないわけじゃない。どうしてもっと、自然に接することができないんだろう。どうしてわたしはこんなにダメなんだろうと、毎回落ち込んでしまう。

「なんか種類がいろいろあるじゃん。全部のページがクリアポケットのやつとか、分厚い台紙のやつとか」

「ああ……えっと、プレゼントだから、しっかりした作りのやつがいいのではないかと……」

「しっかりした作りって？」

「ええ？　その、写真だけじゃなくて、飾《かざ》りつけとかできるようなもの、とか」

「よくわかんねー。沢井が選んでよ」

面倒そうに言われ、ぎょっとして首を振った。

「わ、わたし？　そんな、わたしなんかが決めるのはちょっと……」

「言ったじゃん。俺センスないんだって。べつに誰も文句つけたりしないし、作るのはお前なんだから好きなの選べばいいだろ」

作るのは矢野くんも一緒じゃないでしょうか……。

そう言いたくても言えず、ビクビクしながらたくさんあるアルバムのサンプルをひとつひとつ手に取って開いていった。

選ぶこと自体は嫌いじゃないんだけど、自分のものを選ぶわけじゃないから、その責任を考えると重い。

なかなかわたしが決められずにいると、矢野くんは少しあきらめたように笑ってつぶやいた。

「べつにそこまで悩むことないだろ。沢井が一生懸命《いっしょうけんめい》選んだものならなんでもうれしいんじゃないか、きっと」

意外な言葉に驚いて、あわてて矢野くんの姿を確認しようと振り返ると、彼はあたりをキョロキョロと見回して、近くにあった手帳の棚に手を伸ばしたりしていた。

その耳がほんのり赤くなっているように見えるのは、気のせいだろうか。

今の、幻聴《げんちょう》じゃなかったよね？

いつも手厳しい彼にしては、驚くほど優しい言葉だった。

なんとなく照れくさそうにしている矢野くんを見て、少し肩の力が抜ける。

自分でも、ガチガチになっているなあと思った。こんな調子で、矢野くんに転校のことを言わせるなんて、できるんだろうか。

いやいや、いきなり弱気になっていちゃダメだ。

みんなもアドバイスをくれるっていうし、がんばらないと。

だって、最後なんだから。

明日彼は、いなくなってしまうんだから。

教室から、矢野くんの姿だけが消えてしまう毎日がはじまる。

そう考えただけで胸がしめつけられ、泣きそうになった。

けれど、涙は我慢する。

泣くのはまだ早い。

それはこのミッションを成功させてからだ。

当たって砕《くだ》けるくらいの気持ちで挑《いど》んだ、わたし。

気を取り直して、真剣にアルバム選びに取り組む。

ふと視線の先に落ち着いた綺麗な色が印象的な一冊があった。

クールだけど決して冷たくはない、やわらかな空の色。なんだか矢野くんのイメージに合っている気がする。

「ああああの！　矢野くん、これなんかどうですか！」

「あ。決まった？」

わたしが選んだ空色のアルバムを、矢野くんが受け取る。

中を見て、ぴんとこない様子で首をかしげたのでハラハラした。

「ふーん。まあ、いい色じゃん。やっぱり美術部なだけあるよな」

よかった。矢野くんの好《この》みの色だったようでほっとする。

彼にほめられることはなかなかないので、うれしかった。

「これに写真貼るだけ？」

「え、えっと。イラスト描いたり、フキダシ作ってコメント書いたりとか」

「へー……想像つかねえ。俺、マジで役立たずだと思うけど」

「そんなことは……あ！」

矢野くんのうしろ側にあった棚に並べられた商品が目に入り、思わず声をあげた。

とてもいいものを見つけたかもしれない。

これなら美術センスがないらしい矢野くんも、簡単に飾りつけられる。

「矢野くん、これも買いませんか！」

わたしが棚に駆け寄ってその商品を手に取ると、矢野くんが不思議そうについてきた。

「何、それ。リボン？」

「これはマステ、えーとマスキングテープって言って、貼ったりはがしたりが簡単にできるテープだよ」

「ふーん。これをどう使うんだ？」

「ただ貼るだけでも飾りになってかわいいし、あとはこの上にコメント書いたりするのもいいと思う。無地《むじ》のやつは書き込むのに使えるし、柄ものは貼るだけで華《はな》やかになるし、色もいくつかあったらいいよね。どれがいいかなあ。この水玉の、かわいいなあ。こっちのチェック柄も捨てがたい。でもムダづかいはできないし、厳選《げんせん》しないとね。ううーん、選べないなあ。矢野くんはどれがいいと思う？」

振り返り、矢野くんを見上げると、彼は目を丸くしてわたしを見ていた。ハッとして口もとを押さえる。

わたし今、調子に乗ってペラペラしゃべりすぎていた気がする。もしかして、すごくなれなれしかったんじゃないだろうか。

サーッと血の気が引いていく音が聞こえた。

「う、あ、あのっ。い、今のは、その……」

謝る？　謝るべき？

調子に乗ってごめんなさいって言うべき？

あわあわと、ひとりうろたえるわたしを、矢野くんはじっと見つめたままで。

しばらくしてハッとしたように「べつに、全部買えばいいんじゃね？」と言って、
わたしの手からマスキングテープを取っていった。

その時かすかに彼の指先がわたしの手に触《ふ》れた。

不意《ふい》打ちの温《ぬく》もりと感触《かんしょく》に、何かを叫びそうになった。

けれどわたしが叫ぶより先に、矢野くんがビクリと反射《はんしゃ》的に手を引っ込め、身体ごと一歩うしろに飛びのいた。

その勢いでうしろの棚にぶつかって、陳列《ちんれつ》されていた商品がどさどさと床に落ちる。

あまりのことに、一瞬ふたりとも呆然《ぼうぜん》としたけど、あわててふたりで落ちた商品を拾い集める。

「悪い。俺、身体でかいから」

「ううん！　こちらこそごめんね」

わたしも焦りと動揺《どうよう》から、わけもわからず謝る。

ちらりと矢野くんをうかがうと、顔が少し赤くなっているように見えた。

矢野くんっていつも冷静な印象なのに、棚にぶつかるなんていう失敗をすることがあるんだと、ちょっとだけ親近感《しんきん》がわく。わたしもよくやるんだよね。

商品を棚に戻し終えると、矢野くんはその場をとりつくろうように、話を元に戻し

た。

「まだ予算余ってるし、金額は気にしないで買っていいんじゃないか？　足出てもまた徴収すればいいよ」

「そ、そっか。うん、わかった。じゃあ……」

気持ちを切り替えて、わたしもマスキングテープ選びに専念《せんねん》する。

無地のセットひとつと、柄物をいくつか選べばいいかな。

サイズは使いやすい幅《はば》のものにして、色の組み合わせはどうしようか。

「全部同じに見えるけどなあ。こういうの、俺まったくわかんねえからさ。沢井にまかせるわ」

やはり美術二の苦手意識があるのか、いつになく弱気な矢野くんを新鮮《しんせん》に感じる。

得意ジャンルをまかされて、わたしも調子に乗っちゃっているかもしれないけど、そんなことを考える気持ちの余裕も生まれてくる。

ほんわかした気持ちを胸に、悩みながら選んでいると、不意にお店の入り口から「あー！」と大きな女性の声がした。

驚いて声がしたほうを見ると、わたしと同じ制服の女子生徒が四人集まってこちらを向いていた。

その中のひとりがわたしたちを……矢野くんを指差している。

手足の長い、スタイルの良いその女子生徒に、ギクリとした。

藤枝さんだ……。

矢野くんと同じ中学出身で、そして——彼の元カノ。

色白で、色素《しきそ》の薄い長い髪がとても綺麗で、華やかな顔立ちの美人。

並ぶと矢野くんとお似合いで、校内でも有名なカップルだった。

去年ふたりが別れた時はかなり騒がれ、しばらくふたりのウワサでもちきりだったことも思い出す。

わたしは二年で矢野くんと同じクラスになり、同じクラス委員をすることで彼のことが気になりはじめたけれど、藤枝さんみたいな美人と付き合っていた人が、わたしのことなんて好きになるはずないよなあと、ほのかな恋を自覚すると同時に、ひとり勝手に失恋《しつれん》していたっけ。

「瞬がいるー！　何やってんの？」

藤枝さんがうれしそうにこっちに歩いてくる。

彼女を見て面倒そうな顔をした矢野くんは、「チッ」とイラ立たしげに舌打《したう》ちした。

わたしはできるだけ存在感を消そうと、じりじりと矢野くんから距離をとり、息をひそめる。

「声がうるせーよ、藤枝。おまえこそ何やってんだよ」

「あたしは食べるもの買い込んで、これから学校でみんなで勉強会」

「勉強会？　食ってしゃべって騒ぐだけだろ？」

「ひっどー。ちゃんと勉強もするし……って、え!?　女の子!?」

棚に隠れようとしていたわたしは、藤枝さんに見つかってしまい焦った。

かといって無視《むし》するのもどうかと思い、びくびくしながら彼女に向かって小さく頭を下げる。

「ど、どうも……」

なぜかへらへら笑ってしまい、矢野くんににらまれた。

すみません。もうしゃべりません。

「瞬が女の子と買い物してるなんて……。あたしの買い物には全然付き合ってくれなかったくせに」

「おまえの買い物は長いんだよ。付き合ってらんねー」

「じゃあ、この子の買い物に付き合ってるのはなんで？」

藤枝さんの、意志の強そうな目がわたしをとらえる。

その強い視線に、にらまれているように感じるのは気のせいだろうか。

もしかして、藤枝さんはまだ、矢野くんのことが好きとか。

ふたりがどうして別れたとか、どちらから別れを切り出したとか、ウワサはいろいろあったけれど、どれも信ぴょう性はなさそうだった。

ウワサに信ぴょう性も何もないかもしれないけれど。

別れてからもふたりが普通にしゃべっているのを何度か見たし、ケンカ別れではないのかもなと思ったくらいだ。

「べつに付き合ってるとかじゃねーよ。うちの小森が明日誕生日らしくて、サプライズパーティーするんだと。その買い出し」

「へえ、コモリン誕生日なんだ？　瞬のクラス、仲いいよねー」

「そういうこと。藤枝、さっさとダチんとこ戻れば？　待ってるぞ」

矢野くんがうるさそうに追い払う仕草《しぐさ》をすると、藤枝さんはぷくりと白い頬をふくらませた。

そのかわいらしさに、なぜかわたしがくらりとしてしまう。

美人でかわいいなんて、最強じゃないか。

こんな人と矢野くんは付き合っていたんだと思うと、ますます落ち込む。

わたしが落ち込む必要は、かけらもないのだけれど。

でも、今日はいつもの矢野くんの違った顔を見ることができて、ちょっとドキドキして、うれしかったのに。まさかの藤枝さんの登場でせっかくの幸せな気持ちがしぼんでいくみたいだった。

「瞬は？　買い出しして、学校戻るの？」

「そうだよ」

「ふーん……。何か作るなら、あたしが手伝ってあげよっか」

「はあ？　なんでお前が」

「あたし、うまいよ？　そういうの。ねぇ、そこの人。いいでしょ？」

突然藤枝さんがこちらを見て微笑《ほほえ》んだので、ぎくりとする。

「え？　ええと……」

「あたしが手伝ってもいいよね？」

綺麗な顔が、理想的な形でもって微笑んでいる。

それなのに長いまつ毛にふちどられた目は、まるで笑っていないように感じた。

どこか冷たく、観察《かんさつ》するようにこちらを見ている。

うぅ。なんだろう。この今すぐひれ伏したくなるような威圧感は。

「ねぇ、どうなの？」

「あの、それは……わたしは、べつに」

矢野くんがいいのなら。

その押しの強さに負けて、そう口にしてしまいかけた。

本来の目的を忘れ、いつものように流されそうになったわたしを救ってくれたのは、もうひとりのクラス委員だ。

「いらねー。お前うざい。これは俺らの仕事なんだから、お前には関係ないだろ。さっさと行け」

わたしの前に立ち、元恋人に容赦《ようしゃ》なくそう言うと、矢野くんは再びしっしと犬でも追い払うような仕草をした。

ほっとしたのもつかの間、矢野くんにジロリと上からにらまれ首をすくめる。

はっきり言えよと、あきれているんだろう。

でも、矢野くんがさらっと口にした「俺らの仕事」という言葉が、なんだかちょっとうれしくて、くすぐったい気持ちになった。

「ほんとひどーい。あとで絶対様子見にいくからね！」

笑いながら、藤枝さんが友だちのところに戻っていく。

それでも最後に、ちらりとわたしのほうを見ていったことには気づいた。

なんだか牽制《けんせい》されたように感じた。

「瞬はあたしのよ」と、彼女の目が言っていた気がする。

そんな牽制をしてもらえる存在じゃないんだけどなあと、少し申し訳ない気持ちになった。

もしも藤枝さんが、わたしと矢野くんのあいだに何か起こると考えていたのなら、それは完全なとり越し苦労だ。

自分で思って悲しい気持ちになるけれど、事実そうなんだから仕方ない。

「悪かったな、沢井。で、決まった？」

「え！　あ、う、うん。これと、これも、お願いします」

「はいよ。ほかになんか買うもんは？」

「え、ええと。ペンはわたしいっぱい持ってるし、ハサミもあるから、あとは大丈夫だと思う」

「ふーん。じゃあこれ、買ってくるわ」

クラスメイトから徴収したお金の一部をあずかっているのは矢野くんなので、アルバムとマスキングテープ、それからフキダシ型のフセンを手に、彼はひとりスタスタとレジに向かって歩いていく。

急いでいるようなその態度にハッとした。

そうだ、彼は今日「ヒマじゃない」と言っていたんだ。

きっと引っ越し作業があるんだろう。

明日で転校する彼に、のんびりしているヒマはないんだ。

わたしも、迷っているヒマはない。

矢野くんに「転校するんだ」って言わせなきゃ。

スマホを出して『矢野に言わせ隊』のグループトーク画面を開いた。

（今から学校に戻ります）＞千奈

メッセージを送信したとたん、次々に「待ってる」「がんばるぞ！」とみんなの声が流れていった。

そのコメントのひとつひとつに勇気づけられる。

わたしはひとりじゃない。

ひとりで矢野くんの鉄壁《てっぺき》の防御《ぼうぎょ》に挑むわけじゃない。

これは言わせ隊の作戦だ。

クラスメイト全員で、がんばるんだ。

そう意気込んではみたものの、がんばるって具体的にどうしたらいいんだろうと、すぐさま不安になるのだった。

役割分担

誰もいない教室に帰ってきた。

帰ってきた、という感覚が不思議だった。

電気が消えた教室は、出かけた時よりは少し薄暗《うすぐら》く感じるけれど、日没《にちぼつ》まではまだ充分時間がある。

矢野くんは自分の席に荷物を置き、椅子に座った。

マフラーをはずす彼をぼんやりと眺《なが》めていると、なぜかじろりとにらまれる。

「なに突っ立ってんだよ。座んねーの？」

「え……っと。座るって、どこに」

「どこって、べつにどこでもいいじゃん。作業すんだから、林《はやし》の席でも座れば」

林の席、というのは矢野くんのひとつ前の男子の席だ。

言うやいなや、矢野くんはすぐに席を立ち、林くんの机をくるりとうしろに向け、自分の机とくっつけた。

「ほら」

視線で「座れ」とうながされ、ゴクリと喉《のど》が鳴る。

向かい合わせで座るの？

矢野くんと真正面から向き合うの？　わたしが？

そんな滅相《めっそう》もない。恐《おそ》れ多い。

そう言いたいところだったけれど、王様の言うことを拒否できるはずもなく、申し訳ない気持ちで林くんの席についた。

なんとなく、座り心地《ごこち》が悪く感じる。

どの椅子も同じ形、同じ硬さなのに、不思議だ。

カバンを机の横にかけ、わたしも巻いていたマフラーをはずしていると、また目が合う。

反射的に机に視線を落としてしまい、しまったと思った。

またあからさますぎる態度をとってしまった。

「……あのさあ」

正面からの低い声に、肩が跳ねる。

怒られる、と直感でわかった。

「そういう態度、わざとやってんの？」

「ち、ちが……っ」

とっさに首を振ったけれど、適切《てきせつ》な言いわけは思いつかなかった。

わざとじゃない。

でも、どうしても、びくびくしてしまう。

悪気があるわけじゃないけれど、どうしても緊張と恥ずかしさで反応してしまうのだ。

もちろん、まるで避けているかのような、こうもあからさまな態度をとられて、うれしい人はいないだろう。それもわかっている。

「あんま気分いいもんじゃねぇし、やめてくんない？」

やっぱり怒られた。

わたしはいつも、矢野くんには怒られてばかりだ。

初めて言葉を交わした、クラス委員を決めたあの時からずっと。

春、進級したばかりの頃。

断りきれずに引き受けたわたしに、矢野くんは不快感をあらわにして言ったのだ。

『お前さ、クラス委員が嫌なら嫌って言えよ』

まさかそんなことを言われるとは思っていなくて、まともな言いわけもできなかった。

『高校生にもなって、自分の意見ひとつまともに主張できねぇのかよ』

同級生なはずなのに、まるで大人に叱《しか》られた時のような恐怖と緊張を、あの時味わった。

誰かのためになると思ったことで、こんなに強く非難《ひなん》されるなんて想像もしていなかったのだ。

あれから半年以上経《た》つというのに、わたしはまるで変わっていない。

「ご、ごめんなさい……」

「いや、謝ってほしいんじゃなくて。普通にできねぇの？」

「普通……に、してるつもりなんだけど。なんていうか、どうしても、緊張しちゃって……」

「緊張？　なんで。同級生なのに？」

意味がわからない、と寄せられた眉が語っている。その表情は、怒っているというよりも困っているようで、少し寂しげな感じもした。

けれど、「怖いんです」とか「恥ずかしいんです」と正直に説明できるはずもない。

そんなことを言われたら、矢野くんも傷つくし困るだろう。

茅乃の言っていたとおり、きっと彼は怖い人ではないんだと思う。

ただ、人よりものをはっきり言うし、それを相手にも求めている。

それだけ。

相手を傷つけようとして言っているわけじゃない。

わたしがただ、矢野くんの求めているものを差しだせずにいるだけだった。

矢野くんが悪いんじゃない。

わたしの弱さがいけないのだ。

「そ、そうだよね。変だよね。ごめん……」

「だから謝られても」

ため息をつかれ、泣きたくなる。

いつもこうだ。

わたしの言動はいつも、彼をイラ立たせてしまう。

やっぱり人選ミスだよと、茅乃たちに泣きつきたい。

「とりあえず、写真まだだから役割分担だけ決めとこうぜ」

「役割……うん」

「つっても、俺は下手《へた》に手出さないほうがいいと思うけど」

どうやら矢野くんはやる気がまるでないらしい。

とにかく自分は不器用《ぶきよう》だしセンスもない。イラストは描けないし飾りつけるのも向いていないと言って、すべてわたしにまかせようとしてくる。

本当にこういう作業が苦手なんだろうなあ。

わたしはべつに、それでもかまわなかった。

これは最終的に矢野くんにプレゼントするアルバムなのだから、彼がやるよりわたしがやったほうがいいとも思う。

でもそうすると矢野くんの手が完全に空いてしまい、手持ちぶさたになるだろう。お世辞《せじ》にも気が合うとは言えないわたしたちなので、間をもたせるためにも、お互い何か作業をしているほうがいいかもしれない。

「じゃあ矢野くんにはハサミね」

悩んだ末に思いついた、苦肉《くにく》の策《さく》がこれ。

写真を切り抜くという作業をしてもらうことにした。

これなら多少不器用でも、センスがなかったとしても、大丈夫だろう。

わたしの赤いハサミを受け取ると、矢野くんは刃《は》のケースから引き抜き、指に通した。

確かめるように何度かハサミを開いたり閉じたりする。

彼の大きな手には小さいようで、少し窮屈《きゅうくつ》そうだけれど、なんとか使えそうだ。

「沢井って、いつもハサミ持ってきてんの？」

「えっ。う、うん。何かと便利で。……変かな？」

ハサミを持ち歩いているのかとあらためて聞かれると、なんだか危ない人と思われているようで気まずい。

「いや、べつに。ただ、沢井のペンケースってでかいなと思って。ハサミ以外にもいろいろ入ってんの?」

「あ、うん。ホッチキスとか、修正テープとか、フセンとか。ペンもいろんな色のを持ってきてるから、好きに使ってね」

矢野くんの言うとおり、わたしのペンケースはかなり大きい。

お弁当箱と同じくらいのボリュームがある。

ビニール製でシンプルだけど、軽くて丈夫《じょうぶ》だから中学の頃から愛用しているものだ。

文房具が好きで、家にもたくさん揃っている。

新商品を見つけると、ついつい試《ため》しに買ってしまうタイプ。

期待がはずれることもあるけれど、たまに「これはすごい!」というグッズに出会うとうれしくなって、茅乃に熱く語りオススメしては、よくあきれられている。

文房具が好きでよかった。

矢野くんにプレゼントするアルバムを作るのに、役に立つ。

重いペンケースの持ち運びに耐《た》えていた日々は、この時のためにあったのだ。

矢野くんはといえば、わたしのペンケースの中身を面白そうにのぞいている。

「へー。すげぇ。俺のペンケース、シャーペンと芯《しん》と、赤ペンしか入ってねぇよ。あと消しゴムと定規《じょうぎ》くらいか」

必要最低限、というラインナップだ。

それも彼らしい、とひっそり笑う。

「それはまた少ないね」

「いや、そっちが多すぎなんだろ。俺は普通。あ、でも栄田のペンケースはでかいな。あと汚《きた》ねぇ。なんかゴミとか入ってるし。つーかアイツはカバンの中も汚ねぇんだよな……」

置きベンしてるくせに、とぶつぶつ文句を言う矢野くんの顔は笑っている。

矢野くんはどの男子とも仲がいいけれど、栄田くんはその中でも特別だと思う。

言いたいことを言い、小突《こづ》きあいながら笑っている。

気の置けない仲というのは彼らのような関係を言うんだろう。

「仲がいいよね。さすが親友」

「げっ。やめろよそれ。女子ってそういう恥ずかしいこと、よく平気で言うよな。あんなのダチだよ。ただのダチ」

「でも、栄田くんは矢野くんのこといつも、マブダチって……」

「アイツほんとうぜぇ。あのバカの言うこと、いちいち真《ま》に受けなくていいから」

舌打ちでもしそうな顔でそう言った矢野くんだけれど、照れたように耳の端がほんのり赤くなっているのが見えてしまった。

素直《すなお》じゃないんだなあ。

不思議だ。さっきまではただ怖かった矢野くんが、今はそれほど怖くない。

ほかに誰もいない場所でふたりきり、という状況がそうさせるんだろうか。

矢野くんの雰囲気が普段よりもやわらかい気がする。

そしてわたしの心にも少し、余裕のようなものが生まれていた。

これなら、なんとかなるかもしれない。

とりあえず、何もしゃべることができないまま終わる、という悲惨《ひさん》な結果にはならずにすみそうだ。

そう思った時、突然教室のうしろのドアが開かれて、わたしたちは同時にそちらに顔を向けた。

「あれ？　珍《めずら》しいふたりが残ってるなあ。我がクラスのクラス委員コンビじゃないか」

穏やかに笑って教室に現れたのは、わたしたちの担任の小森先生だ。

相変わらずヨレヨレの白衣を着て、どこか頼りない雰囲気をまとっている。

矢野くんは無言《むごん》でさっとアルバムを閉じ、机の横に隠すように置いた。

どうしたんだろう、と思ったところでハッとする。

そうだ、矢野くんにとってこのアルバムは、明日小森先生の誕生日サプライズで渡すことになっているんだ。

つまりここは、あわてるところ！

ボケッとしていちゃいけないんだ！

矢野くんにも「早く片づけろ」というような目を向けられ、急いで机の上のものを中にしまう。

「ふたりとも、何か用事？」

先生はポケットから画びょうのケースを出して、掲示物《けいじ》をはずしはじめる。

新しい掲示物に替えるようだけど、なんて間の悪い。

「いや、べつに。HRの司会進行を、どうしたらスムーズにできるか話し合ってただけ」

そんなことを言った矢野くんを、まじまじと見てしまう。

するりと自然な言いわけが出てくるなんて、さすが矢野くんだ。

「へえ？　真面目だなあ、うちのクラス委員は。じゃあ僕もその話し合いに参加しようか」

のんびりそう言った先生に、さすがの矢野くんも顔が引きつっていく。

小森先生はうっかり者で頼りないところもあるけれど、いい先生なのだ。

いい先生なんだけど、今回ばかりは空気を読んでと叫びたい。

どうしよう、と頭を抱えたくなった時、茅乃を含めた女子が四人、教室に駆け込んできたので驚いた。

たしか茅乃は写真の印刷班だったはずだけど、もう終わったんだろうか。

「あー！　コモリンいた！」

「あたしたち捜《さが》してたんだよぉ」

「え？　僕に何か用があった？」

みんないっせいに小森先生を取り囲むと、先生が途中だった掲示物の交換を手伝って、手分けしてさっさとすましてしまう。

「ちょっと相談があってー」

「コモリンの意見が聞きたいんだよね」

「それはかまわないけど……」

女子たちの勢いに押され気味になりながら、小森先生が救いを求めるようにわたしたちを見た。

そんな捨《す》て犬のような目で見られてもどうしようもないので、そっと視線をそらす。

「話長くなるかもだから、ジュースでも飲みながらさ」

「とりあえず自販機《じはんき》へゴー！」

「わっ。わ、わかったから引っぱらないで……」

「早く早く〜」

逃《のが》すまいとするように、みんな小森先生をがっちり囲んだまま、あっという間に教室の外へと連れ去ってしまった。

矢野くんと唖然としながらそれを見送ったあと、茅乃だけがひとり教室に戻ってきてわたしたちの前に立った。

その顔にはずいぶんと機嫌の良さそうな笑顔が浮かんでいる。

「はーいお待たせ！　クラス写真の第一弾《だん》だよ〜」

残っていた気まずい空気を払うような、茅乃の明るい声が響く。

正直、助かったと思った。これからどう話を転校に向けて持っていけばいいのか、見当もつかずにいたから。

わたしに向かってひとつウインクを送ってきた茅乃に、「ありがとう」と伝える。

「小森、大丈夫なのか？」

「平気平気。コモリンはわたしたちにまかせといて」

そう軽く言って、茅乃は彼の机に次々と写真を並べだした。

その数約二十枚。

「……こんだけ？」

いぶかしげな矢野くんの視線に、茅乃は腕を身体の前で組みながら偉《えら》そうに「そうよ？」とうなずいた。

「ぜーんぶ印刷してたら時間がかかるでしょ。だから印刷した順《じゅん》に持ってくることにしたの。じゃないと、あんたたちの作業も進まないからね」

「ふーん」

なるほどな、といった表情で矢野くんがうなずく。

「みんなの持ってるスマホの画像をＳＮＳでまとめたの。ちゃんと古い順から印刷かけてるから、あんたたちはどんどん貼っていってね」

「どんどん貼っちゃっていいの？」

「いいの。全部はアルバムに入りきらないだろうから、厳選して印刷かけてるのよ。選ぶのに時間がかかるかもしれないから」

なるほど。それなら全部の写真が揃っていなくても貼っていったほうがいいだろう。時間は限られているんだし。

「あとコンビニのコピー機占拠《せんきょ》しすぎても悪いし、お店を移動したりしてまた時間がかかるかもだから、覚えておいてね」

早口で言うと、茅乃は「じゃ、わたしも戻るわ」とあっさり教室を出ていってしまった。

去り際《ぎわ》、茅乃に励《はげ》まされるように肩を叩かれたけれど、複雑な気持ちになるだけだった。

茅乃がいなくなると、とたんに教室に静寂《せいじゃく》が戻ってくる。

わたしが矢野くんの様子をうかがうのと同時に、彼もこちらを見た。

「女子ってのは勢いがすげぇよな」と感心半分、あきれ半分のような声で言い、笑う。

茅乃はとくにそういうところがあると思いながら、わたしも「そうだね」とうなずいた。

「まあでも、沢井は違うか」

「え……」

「俺の知ってる女子はうるせーしワガママだしすぐスネるし、とにかく嵐《あらし》みたいだと思ってんだけど。沢井はその真逆って感じ」

そう言った矢野くんの声は、責《せ》めているわけでも、バカにしているわけでも、あきれているわけでもないようだった。

そういう無色透明《むしょくとうめい》の響きをしていた。

それなのにわたしが勝手に傷ついたような気持ちになっているのは、矢野くんの言葉の端々《はしばし》に、彼女の存在を感じてしまったからだ。

矢野くんの知っている、嵐のような女子。

わたしにはひとりしか思い浮かばなかった。

さっきショッピングモールで会ったばかりの、矢野くんの元カノ。

藤枝さんはまだ矢野くんに未練《みれん》があるような態度だったけれど、矢野くんの心にもまだ、藤枝さんが住んでいるのかもしれない。

わたしは、藤枝さんの真逆。

「そうだね……」

女じゃない、と言われたわけではないけれど、なんとなくはじき出されたように感じた。

彼の恋の対象から、わたしは大きくはずれている。

そんなことはわかっていたつもりだけれど、彼の口から聞くとそれなりにショックだった。

内心傷ついていたわたしにかまわず、矢野くんは話を続けた。

「こっちも真逆」

「……え？」

「デジタル主流《しゅりゅう》のこの時代に、超《ちょう》アナログ」

茅乃が並べていった写真を一枚手に取り、ひらりと振る。

その顔は皮肉《ひにく》っぽく笑っていた。

「アルバムなぁ。いいと思ったけど、実際見るとでかいし重いし、正直邪魔《じゃま》じゃね？」

何気《なにげ》なく放たれた一言《ひとこと》に凍りつく。

取り返しのつかない、大きな間違いを犯《おか》したような気持ちになった。

「そ、そう……かな」

「データで渡したほうが楽だし、邪魔にもなんねぇと思うけど。ま、そんなこと言っても今さらか」

少し後悔したように言いながら、買ってきたアルバムをビニールから取り出し、ページを広げる矢野くん。

まっさらでまっ黒なページ。

ここにこのクラスの、彼が過ごしてきた時間を、ひとつずつ思い出しながら貼りつけていく。

それは黙っていなくなろうとしている彼にとって、重くて邪魔なものになるのだろうか。

もしかしたら、わたしはこれからとても独《ひと》りよがりなことをしようとしているのかもしれない。

そう思ったけれど、それこそ今さらだ。

もうどうしようもない。

机の下でスマホを握《にぎ》りしめながら、あらためて「絶対に無理だ」と内心頭を抱えた。

「さて。さっさとやっちまうか。俺はこれを切ればいいんだな。どんくらい切る？　顔だけ残せばいい？」

「えっと……背景も、ちょっと入ってたほうがいい、かも？　ここはあの場所だなって、わかるように。どういう写真かは、コメントもあとで入れるから、少し見える程度に残してもらえれば」

「ふーん。了解。とりあえず切ってくから、切りすぎだったら言って」

言うやいなや、ジョキンと大胆《だいたん》にハサミを入れる矢野くんに、ハラハラする。

迷いのない手つきはさすがだけれど、予備の写真はないのに大丈夫だろうかと心配になった。

ちらちらと矢野くんの様子をうかがいながら、わたしもフセンやマスキングテープの準備をする。

いつも授業で使っているルーズリーフのノートにそれらを貼りつけ、ノートごと好きな形に切っていくのだ。

フセンもマステも、何度も貼ったりはがしたりできるので、簡単に飾りが作れる。

こういう細かい作業は、上手かどうかはさておき大好きだ。

ジョキンというハサミの音や、ペンケースの中身をあさる音だけが静かに繰り返される教室に、突然甲高《かんだか》い電子音が響いた。

驚きに肩が跳ね、机の上のペンがいくつか床に落ちていく。

「ご、ごめんね……っ」

あわててペンを拾おうとかがむと、さらに二本三本と落ちてきて、自分の鈍《どん》くささに顔をおおいたくなった。

しかも何を真剣に作業しているのか。

いや、真剣に作業をするのはいい。手を抜くのはダメ。

そうじゃなくて、自分に課せられた使命が完全に頭から抜けていた。危なかった。

真面目にアルバムを作って終わるところだった。

ペンを拾い席に戻ると、前からペンを一本差しだされた。

「こっちにも一本落ちてた」

「あ……ありが、とう」

ピンク色のペンを受け取り、手もとに引き寄せる。

なんとなくだけど、手もとにある七本のペンのうち、矢野くんが拾ってくれたピンクのペンは特別輝いているように見えた。

矢野くんが作業に戻るのを見ながら、机の中に入れておいたスマホを手に取る。

こっそりと確認すれば、さっき出ていった茅乃からのメッセージが届いていた。


茅乃＞（困ったらすぐ相談して。みんなついてるよ）

気遣《づか》いが逆にプレッシャーに感じ、背中がずんと重くなった気がした。

また驚いて挙動不審《きょどうふしん》になるのも困るので、通知音を小さくしておく。

スマホを机の中に戻し、意味もなく咳《せき》ばらいをした。

とにかく、まずは会話だ。

会話をしなければ何もはじまらない。

矢野くんから真実を引き出すこともできない。

机の下で「よし」と小さく拳《こぶし》を握り、目の前のターゲットの様子をうかがう。

目を伏せ、難しい顔をして写真を切る彼の机には、いくつか切り終えたものが重なっていた。

「あ、あの。切り終わったやつ、貼っていくね」

「おー。つか、こんな感じでいいの？　形とか」

「形はどんなものでも大丈夫。重ねたり、飾りで隠れたりもするし。あんまり気にしなくていいよ」

「はいよ」

「最初は……そっか。オリエンテーションで行った、野外学習の写真だね」

手に取った写真には、笑顔の矢野くんや栄田くん。

それから、運動部でクラスの中でもかなり元気な女の子ふたりが写っている。

わたしの姿も後方にかろうじて入っていたけれど、目線はひとり、どこか別の場所を向いていた。

写真を撮られていることに気づいてもいない横顔だ。

うちの高校は進級してすぐ、クラス全体のコミュニケーションを図り、団結力を高めるために、学校外で一日を過ごす。

わたしたち二年生はバスでキャンプ施設《しせつ》まで移動し、そこで昼食をとった。

もちろん自分たちで食材《しょくざい》を用意し、調理したのだ。

わたしはキャンプどころかバーベキューの経験もなかったので、右も左もわからずうろたえていた覚えがある。

家族でよくキャンプをするという男の子が、てきぱきと動いているのを見て少しうらやましくなった。

家族でどこかに出かけること自体が、うちではほとんどなかったから。

「そういや、俺ら同じ班だったな」

「う、うん。そうだね」

笑顔を作りながら、冷や汗をかく。

同じ班で、あの時もわたしは矢野くんに怒られていた。

そのことを矢野くんは覚えているだろうか。

「何作ったんだっけ」

「ええと……シーフードカレーと、サラダを」

矢野くんは小さく「カレー……」とつぶやくと、道端《みちばた》でガムを踏《ふ》んでしまった時のように、不意に不快なものに触れさせられたという顔をした。

「ああ、そうだった。カレーだ、カレー。野外で作るなら定番《ていばん》のカレーだろってなったんだよな」

「栄田くんがはりきって力説《りきせつ》してたもんね」

「そうそう。あん時は栄田に全面同意だったよ。それなのにシーフードとか、意味わかんねぇよな。カレーっつったら肉だろ、肉。鶏肉《とり》、豚肉《ぶた》、牛肉どれにするって話ならわかるけど、シーフードって。カレーなめてんのか」

「ご、ごめん」

どんどん荒々《あらあら》しくなっていく矢野くんの口調に比例《ひれい》するように、わたしの心臓はどんどん縮みあがっていく。

「いや、沢井じゃねぇだろ、シーフードって決めたの。ほかの女子だよ。ヘルシーだとかなんだとか言いやがって。シーフードのカロリー知ってんのかよ。バカじゃねぇの。だったら普段《ふだん》食ってる菓子やらジュースやら控《ひか》えろっつーの」

恨めしげに思い切り写真にハサミを入れる矢野くん。

まるで昨日のことのように怒る姿を意外に思った。

なんだか子どもっぽい姿が微笑ましい。

たしかに、カレーの具《ぐ》はお肉にはしない、とわたし以外のふたりの女子が宣言《せんげん》した時、男子はかなり反対していた。

けれどまさか、半年以上経った今も、そのことを根《ね》にもっているとは思わなかった。

できるだけ矢野くんの怒りを抑えられるようにフォローしてみる。

「で、でも、おいしかったよね。カレー」

「普通。市販《しはん》のルー使ってんだから、誰が作っても同じ味だろ」

辛口《からくち》だ。

たしか、使ったルーも辛口だった。

普段家では甘口なので、辛口がそこまで辛くなく、意外とおいしいんだなと思った記憶がある。

「外で食うカレー、あれが角切《かくぎ》りの豚肉なら最高だったな」

記憶を探《さぐ》ってみると、そういえば事前の話し合いで、男子がメニューを決め、女子が食材を決めるという分担をしたのだ。

そう分担することを提案したのが矢野くんだったから、きっと食材に文句があっても押し切れなかったんだろう。

そういえば、いざ作ったカレーを食べる時、矢野くんは始終《しじゅう》不機嫌そうだった。

「沢井んちって、カレーの肉、何？」

「うちは……ひき肉かな。ドライカレーにすることが多いの」

「うわー。ドライカレーもうまいよな。そういやしばらく食ってねぇや。すげー食いたくなってきた」

矢野くんの顔が輝く。

シーフードは邪道《じゃどう》でも、ドライカレーはありらしい。

そのへんの基準《きじゅん》はやっぱり、メインがお肉かどうかというところなのだろうか。

「や、矢野くんは、カレーの具、何が好き？」

「肉」

「あ、そっか。ええと、お肉以外では？」

矢野くんは難《むずか》しい顔をして「肉以外？」と首をひねった。

そんなこと今まで考えたこともない、と言いたげな表情に笑ってしまいそうになる。

カレーの話している矢野くん、いいなあ。いつもより少し表情豊かな気がする。

「肉さえあればいいけど。それ以外……ピーマンかな」

「へえ。矢野くんちのカレーって、ピーマン入れるんだ？」

「え？　入れるだろ？」

ドライカレーにみじん切りにしたパプリカは入れる。

赤と黄色の両方入れる。

けれどピーマンとパプリカは、形は似ていても、似て非なるものだろう。

「うちは入れないなあ。ナスなら入れることあるけど」

「げっ。ナスこそねーよ。ぐにょぐにょになりそう」

意外なほどに盛り上がるカレー談義《だんぎ》を交わしながら、内心は焦っていた。

今までになく楽しい時間で、矢野くんの好みを知れたのはうれしいけれど、ここからどう、思い出話でしんみりさせていいのかがわからない。

過去を振り返り、このクラスでいかに楽しい時間を過ごしたか思い出してもらい、最終的には転校のことを打ち明けてもらわなければいけないというのに。

目の前の矢野くんはわたしが見る限り不思議なほどいつもどおりで、いや、どちらかというとわたしに対してはいつもよりよっぽど上機嫌で、とても明日転校を控えている人には見えないのだ。

つまりわたしに話す気はまるでない、ということなのかな。

やっぱり完全な人選ミスだと思った。

わたしなんかよりも、もっとコミュニケーション能力が高くて、会話を広げられる人はほかにいくらでもいたはずだ。

いったいどうしたらいいんだろう。

心の中で頭を抱えていると、話題がいつの間にか「なんだかんだ、肉だよな結局。シーフードはない」と、最初に戻っていた。

「食った気しねぇよ、シーフード。沢井も家でシーフードカレーなんて食わないだろ?」

「家では作らないけど……でも、なかなか食べる機会がないから良かったのかも」

「んなわけねーだろ。沢井だって肉が良かったんなら、あの時ちゃんと言えよ。お前が言わないからアイツら調子に乗って勝手に決めたんだぞ」

「ご、ごめんなさい……」

おかしいな。

結局また怒られて、またわたし、謝っている。

しかもよくわからないまま、流されるように。

なんて薄っぺらな謝罪《しゃざい》だろうか。

わたしは本当にどちらでも良かったんだ。お肉でもシーフードでも、どちらでも。

みんなで一緒に作って食べれば、どんなものでもおいしいだろうと思っていたから。

だから何も言わなかった。

でもそれをあらためて説明したとしても、矢野くんはきっと納得《なっとく》しないだろう。

そういう中途半端《ちゅうとはんぱ》な答えが、彼は一番嫌いなんだと思う。

矢野くんはきっぱりと言い切った。

「そんなんだから、お前も面倒なこと押しつけられるんだよ」

「面倒なこと……？」

「忘れたのかよ？　能天気《のうてんき》だな」

覚えの悪い子どもにがっかりするような言い方が、ぐさりと胸に刺さる。

「の、能天気……」

「ほら、あの時の買い物だよ。アイツら散々ワガママ言っておいて、自分たちが買う予定だったものも、全部沢井に押しつけたんだろ？　で、準備万端《ばんたん》の状態で、アイツらはカレー作っただけだったじゃねぇか。いいように使われすぎだろ」

矢野くんの言っていることがなんなのか思いあたり、「ああ」と大きくうなずく。

食材の買い出しが女子の担当になったのだけれど、いろいろあってわたしがひとりで行くことになったのだ。そして、なぜかそのことで矢野くんに怒られた。

「あれは、そういうんじゃないよ。ふたりが部活で買いにいけそうにないから、頼まれて……」

「いや、違うだろ。だったらお前に頼まなくても、自分の家族に頼めばすむ話じゃねぇか。おかげで女子の中でお前ひとり、重いもん持ってくるはめになったんだぞ」

「お、重かったけど、運べないことはなかったよ。それに当日はわたし、ほとんど何もしないで見ているだけだったし……」

本当に、何もしなかった。

ふたりが料理する様子をうしろから眺めていただけで、やったのはあと片づけくらいだ。

ずいぶん楽《らく》をさせてもらってしまったなあと、申し訳ない気持ちになったことを思い出す。

「それもだろ！　沢井には何もやらせないで、さも〝あたしたち料理できるんです～。がんばってます～〟ってアピール。カレーなんて切って炒《いた》めて煮《に》るだけで誰でも作れるっつーの。かまど作って火をおこすのも、飯《はん》ごうで米炊《た》くのも、面倒なのは俺ら男子に押しつけるし」

「そ……そんなつもりは、なかったんじゃないかな？　たしかふたりには、買い物行けなかったぶん料理はがんばるから休んでてねって言われた気がするし……」

「だから、そういうの腹立たねぇわけ？　いいとこどりしてんじゃねーよって。あれじゃ沢井が何もしてないみたいに見えるじゃん」

「えっ。や、やっぱり、何もやってないように見えた？　そうだよね。実際何もしてなかったし……」

あの時は手持ちぶさたになり、何かしなきゃと焦るばかりで、結局何もできなかった。

自分で役割を見つけられなかったわたしが悪いのだ。

右往左往《うおうさおう》しているうちにカレーはでき上がり、最後までわたしはうまくみんなの輪に入ることができなかった。

あの時の焦燥《しょうそう》感を思い出し落ち込んでいると、あきれたようにまたため息をつかれてしまった。

「やっぱ沢井の、そういうとこ腹立つ」

冷や水を浴びせられたように固まった。

震える手から、マスキングテープが落ちそうになる。

矢野くんに嫌われていることなんてわかっていた。

そんなこと誰よりもわかっていたのに、こうして直接口にされるとズキズキと胸が痛む。

また心に新しい傷ができたのを感じながら、それでもわたしは笑って見せた。

「あは。ごめんね……？」

謝ってもきっと、矢野くんはまたわたしに腹を立てるだけだということは、なんとなく気づいていたけれど、それでも謝罪以外の言葉が見つからなかったのだから仕方ない。

案《あん》の定《じょう》、冷たい視線を向けられて、うつむくしかなくなる。

それきり会話も途切《とぎ》れ、痛いほどの静けさが訪れた。

どうしよう。

どうすればいい。

何事もなかったかのように、次の話題をふってもいいだろうか。

それは矢野くんの機嫌を損ねることにはならないだろうか。

もうしばらく待って、冗談《じょうだん》のように笑って謝るのはどうだろうか。

ぐるぐると、出口の見えない暗闇《くらやみ》で答えを探す。

何が正解なのか、もうわたしにはわからなかった。

正しい選択ができる自信がない。

茅乃＜（困ったらすぐ相談して。みんなついてるよ）

ずぶずぶとネガティブの海に沈《しず》みかけた時、さっきのメッセージが脳裏に浮かんだ。

そうだ。みんなに助けを求めよう。

なぜかわたしがみんなを代表するみたいにここにいるけれど、このサプライズはクラスのみんなで考えたものだ。

わたしがダメなら、ほかにもたくさんいる。

わたしの代わりは、いくらでもいるんだ。

役に立てないことへの申し訳なさと、役立たずな自分への悔《くや》しさに唇を噛みながら、机の中のスマホを手に取った時。

教室の扉《とびら》が突然開き、見知った顔がひょっこりと現れた。

「あ。いたいた、沢井さん」

「え……徳永《とくなが》さん？」

丸顔で、潔《いさぎよ》いショートカットがトレードマークの彼女は、同じ中学出身の子だった。

とはいってもそう仲がいいわけじゃなく、会えば挨拶《あいさつ》くらいはするけれど、一緒に遊んだりするような関係でもない。

だからこうしてわざわざ教室まで来て、わたしの名前を呼ぶなんてことはこれまでなかったのだけれど、今はそんなことは気にならなかった。

このどうにもできない空気から逃れられる。

渡りに船とばかりに、わたしは勢いよく立ち上がり、徳永さんのもとへと向かった。

「徳永さん、どうかした？」

「あー、ちょっと話があって。少しいい？」

「えっと……」

一応《いちおう》アルバムを作るという名目《めいもく》があるので、うしろを振り返る。

すると、矢野くんは準備していたかのように手の平《ひら》を差しだすようにして「どーぞ」と短くつぶやいた。

「あ、ありがとう。すぐ戻るから……」

スマホを握りしめながら、小さく頭を下げて教室を離れた。

詰めていた息を大きくはきだし、肩を落とす。

こんなことで、わたしは将来大丈夫だろうかと、自分の未来までをもつい悲観《ひかん》してしまった。

「沢井さん、大丈夫？」

「え？　あ、うん。それで徳永さん、わたしに話って？」

「あ、ごめん。話があるのはわたしじゃないんだよね」

「そうなの？　じゃあ誰が……」

「彼女に頼まれて」

徳永さんの目線の先を追う。

廊下の角を曲がってすぐにある教室の前に、さっき雑貨店で会ったばかりの藤枝さんがいた。

気安《きやす》そうに手を振ってくる彼女に、手を振り返すこともできず立ちすくむ。

「藤枝さんと、仲いいの？」

うかがうように見てくる徳永さん。

その目はどこか申し訳なさそうに揺《ゆ》れていて、わたしは出かけた言葉を飲みこんだ。

「佐江《さえ》ちゃん、ありがとう！　沢井さんを連れてきてくれて」

藤枝さんは華やかな笑顔で近寄ってくると、徳永さんの手をきゅっと握った。

それに徳永さんは困ったような、とまどうような苦笑いを浮かべ「いいよ」と首を振る。

「藤枝さん、沢井さんと知り合いだったんだね」

「うん。さっきもショッピングモールで話したの。ね？」

迫力のある美人に同意を求められ、思わずうなずいてしまった。

たしかにショッピングモールでは会ったけれど、あれは話したと言えるんだろうか。

知り合いと言えるのかも疑問だけれど、それをここで口にする勇気はなかった。

わたしが同意したことに、徳永さんはほっとしたように何度かうなずいた。

「そうなんだ。じゃあ、わたしはこれで。藤枝さんも、沢井さんも、またね」

「あ、うん。また……」

「佐江ちゃん、帰るとこだったのに引きとめてごめんね？　また明日！」

帰っちゃうの？と驚きながらも、やっぱりそれは口にできず、去っていく徳永さんを呆然と見送った。

まさか藤枝さんとふたりきりになるなんて、さっきまで想像もしていなかった。

そもそも藤枝さんとわたしはなんの共通点もなかったので、ショッピングモールで会わなければ、彼女はわたしの存在を認識すらせずにいたと思う。

つまりわざわざ同じ中学出身の徳永さんを使ってわたしを呼び出したのは、数十分前にできたばかりの共通点についてのことだろう。

「えーと、沢井さん？　沢井何さん？」

「あ。ち、千奈です。沢井千奈」

「そう。あたしは藤枝由香利《ゆかり》。あなたのクラスの矢野瞬と、中学の時から付き合ってたの。つまり元カノね」

「ぞ、存《ぞん》じております……」

同学年で、藤枝さんの存在を知らない人はたぶんいないだろう。

美人で運動神経も良く、趣味のバイオリンで賞をとったとか、インスタのフォロワー数が芸能人並みとか、華々しいウワサがある藤枝さん。

地味《じみ》でこれといった特技もないわたしとは、住む世界がまるで違う。

一番明るい場所に立ち、輝くために生まれてきたような人なのだ。

「単刀直入《たんとうちょくにゅう》に言うけど、あたしと瞬を、ふたりきりにさせてほしいの」

「え……ふ、ふたりきりに？」

「ぶっちゃけるとね、瞬とヨリを戻したいなーと思ってるわけ」

「えっ」

「べつにあたしたち、ケンカ別れしたわけじゃないんだよね。なんとなく別れようか、みたいな感じで終わっただけで。お互いちょっと飽きてたっていうか。わかるでしょ？」

さも当たり前のように言われ、曖昧に笑って返す。

飽きるって、どういうことだろう。

ふたりの付き合い方に飽きるということなのかな。

それともお互いの存在に飽きて、魅力を感じなくなるという意味なのか。

それは好きではなくなるということとは、何か違うのだろうか。

誰かとお付き合いした経験のないわたしには、まったく理解のできない話だった。

「でもほかにイイ男もいないし、瞬もほかに彼女作るわけでもないし。また付き合うのもアリかなって。けど、瞬てけっこう頑固《がんこ》だし、一度別れたら簡単にヨリ戻すのは性格上素直にできないと思うんだよね」

藤枝さんは一方的にまくしたてている。

たしかに、矢野くんなら「別れたのにまた付き合う意味がわからん」とか言いそうだ。

彼のことをよく理解しているんだなあと、その口ぶりから感じて胸がチクリとした。

「だからまあ、ここはちょっと強引にでもあたしから近づいてやろうと思って。だから沢井さん、協力してくれない？」

「あ……で、でも。今日はクラスのアルバムを作らなくちゃいけなくて」

それでもわたしは抵抗《ていこう》を試みる。

ここで素直にうなずいてはいけないことくらい、わたしにもわかっていたし、藤枝さんに近づいてほしくないという焦りにも似た嫉妬《しっと》もあった。

「それ、あたしが代わりにやるからさ！　ちょっとの時間でもいいの！」

お願い！と、わたしに向かって手を合わせ、頭を下げる藤枝さん。

ゆるく巻かれた彼女の長い髪が揺れ、ふわりと甘い香りがした。

計算されつくしたような美しさとかわいさを併《あわ》せもつ藤枝さんに、わたしなんかが何を言えるだろう。

「あ、の。でも、わたし協力とか、そういうの苦手だから……」

「だったらあたしがきっかけを作るから、そのタイミングでトイレ行くとか適当な理由つけて、席をはずしてくれるだけでいいよ！」

それなら簡単でしょう？とでも言いたげに小首をかしげる彼女につられるように、わたしも頭をかたむけた。

肯定も否定もできずにいたのだけれど、藤枝さんはそれを了承したととったのか
「千奈ちゃんありがとう！」と淡《あわ》く頬を染めて微笑んだ。

今日初めて会話をしたというのに、突然の名前呼びに固まっているうちに、彼女はさっさと自分の教室に戻っていく。

「よろしくね千奈ちゃん」

にっこり微笑む彼女は本当にかわいらしいのに、同時に有無《うむ》を言わせない迫力もあり、わたしは何も言えないまま廊下にぽつんとひとり残された。

「どうしよう……」

確実に悪化していく状況に、途方《とほう》に暮《く》れながらつぶやいた。

敵前逃亡

教室のうしろの入り口から、黒いスマホに視線を落としている矢野くんの横顔を見つめる。

これくらいの距離がちょうどいい。

いつも離れた席に座る彼の横顔を見つめていたので、角度的にも安心する。

しばらくそうして観察していると、自分の手の中のスマホから通知音が小さく響き、飛び上がった。

その気配で矢野くんもわたしに気づき、不審《ふしん》そうな視線を向けてくる。

「何してんだよ、そんなとこで」

「あはは……。えっと、ごめんね。席はずして」

「べつにいいけど。さっき別の写真班の奴が来て、追加で置いてったぞ」

「えっ？　そ、そうなの？　そっか……じゃあどんどん貼っていかなきゃだね」

急いで席に戻ると、たしかにまた数十枚写真が増えていた。

矢野くんはすでに作業を進めていて、わたしも急いで途中だった飾りの貼りつけをすませる。

次の写真をと手を伸ばした時、スマホからまたピコンと通知音が鳴り、ビクリと肩が跳ねた。

矢野くんと目が合い、ごまかすように笑った直後、今度は続けざまに二度、三度音が鳴り、あわててスマホを確認する。

失敗した。

通知を切っておけばよかった。

そう思って設定を変更しようとしているあいだにも、メッセージは次々と届いていた。

内容はほぼ、さっき教室に戻る前にわたしが送信したメッセージに対するみんなの反応だ。

(わたしの代わりの人を、決めておいてください) ＞千奈

矢野くんをイラ立たせてしまった不甲斐《ふがい》なさに送ったメッセージ。

やっぱりいくらわたしががんばろうと思っても、相手がわたしを嫌っているんじゃ意味がないんだ。

明日までに心を開いて、彼の口から真実を語ってもらいたいのに、相手がわたしじゃ最初から矢野くんの心の扉には厳重に鍵《かぎ》がかかっているようなものだ。

春からずっと嫌われ続けているのに、たった数時間ほどでわたしが打ち解けられるはずがない。

冷静に考えればわかることだったのに、どうして引き受けてしまったんだろう。

頼まれたからって、できることとできないことがある。

むしろ鈍くさいわたしはできることのほうがずっと少ないのに。

「もしかして、クラスの奴らから？」

「えっ⁉」

ドキリとして、矢野くんの顔を凝視《ぎょうし》してしまう。

まさかサプライズを計画していることがバレたのかと焦ったけれど、矢野くんは「買い出し担当の奴ら、遅いよな」と写真を切る手もとに目を落としながら言った。

クラスメイトからの報告だと思ったらしいことがわかり、ほっと胸をなでおろす。

「な、何をどれくらい買うか、いろいろ考えてるのかも」

「そんなん、予算内で買えるだけ買えばすむ話じゃん」

たしかに、矢野くんなら五分ですべて終わらせてしまいそうだ。

わたしならきっと、買い物かごに入れたり戻したりしながら三十分以上はかかるだろう。

「なんで女って買い物長いの？」

唐突《とうとつ》にそんなことを問われ、口を閉じる。

まったく理解できない、と言いたげな矢野くんの顔。

そういえば、藤枝さんは買い物が長いってショッピングモールで会った時に話していた。

わたしは男の人と買い物をしたことがないのだけれど、そんなに違うものなんだろうか。

「いいの見つけた、とか言いながら、それ買わないで別の店行ったりするじゃん」

「ええと……慎重《しんちょう》に選びたい、からかな？」

「でも結局最初の店に戻って買うんだぜ？」

これってやっぱり、藤枝さんのことを言ってるんだろうな。

別れる前には彼女の買い物に付き合ったりしてたんだ。そんなことを想像して、少し気持ちが下がっていく。

「一応、ほかのものを見て本当にそれが一番か、確かめたいんじゃないかな」

「ほかもたいして変わらないのに？　あとさ、散々迷ったあげく結局買わないパターンも意味わからん」

「れ、冷静に考えたらそんなにほしくなかった、とか。あとは何かを買うのが目的じゃなくて、ウインドウショッピングや買い物自体を楽しみたいだけ、とか」

言いながら、なんだか藤枝さんのフォローをしているような妙な気持ちになってきた。

わたし、何を言ってるんだろう。

藤枝さんの気持ちなんて、わたしにわかるわけがないのに。

「ますます意味わかんねー。だったらひとりで行けばいいじゃん。女同士でも買い物行くんだろ？　想像しただけでカオスだな」

「意外とそんなことなくて、友だちの買い物に付き合うのも楽しかったりするよ」

「沢井もそうなの？」

「えっ。わ、わたし？」

いきなり自分自身のことを聞かれてドギマギした。

「ぐるぐる見て結局最初のもん買ったり、散々回って結局買わなかったり」

「も、もちろん。わたし優柔不断《ゆうじゅうふだん》だから。でも優柔不断すぎて時間がかかるから、自分の買い物はひとりで行くことが多いかな……」

友だちに誘われれば喜んで付き合う。

でも自分の買い物となると本当に時間がかかるから、それに友だちを付き合わせるのは申し訳ない。

茅乃は気にしなくていいと言ってくれるけど、それでもやっぱり気になってしまうから、買い物はひとりでいい。

「ふーん。沢井らしいな」

矢野くんの声は感情の読めないものだったけれど、これはたぶんあきれられたんだろう。

きっと矢野くんは買い物ひとつにそこまで迷うことなんてないだろうから。

「や、矢野くんは栄田くんと行ったりとか……」

「まあたまに。アイツにどうしてもってしつこく頼まれるからうざくて仕方なく。でも俺も基本買い物はひとりだよ」

「そっか……そうなんだ」

俺も、という部分に敏感《びんかん》に反応してうれしくなる自分がいる。

正反対と言っていいわたしたちの、小さな共通点を見つけたような気持ちになった。

それはなんだか宝物を見つけたような気分で、心が弾《はず》む。

ひとりで照れくさく思っていると、またわたしたちのあいだに沈黙が訪れた。

何か話題をと考えた時、矢野くんが軽く咳ばらいをした。

「つーかそんなことより、変じゃね？」

「え？　変……て、何が？」

「写真なんだけどさ。小森にプレゼントするやつなのに、小森の写真が全然ねぇの」

ドキリとして、写真を貼りつける手が止まる。

さすが矢野くん、鋭い。

わたしはそんなところ全然意識していなかった。

ここでわたしが動揺してはダメだ。

バレてしまう、と自分に言い聞かせ笑顔を作る。

「そ、そう？　あ、でもほら。担任の写真ってなかなか撮らないし、だからあんまり小森先生の写真がなかったのかも」

「そうかぁ？」

「そうだよ！　ほら、こ、こっちの集合写真には写ってるよ、小森先生。それに、わたしたちが卒業とかしたあとも、これをたまに眺めて思い出してもらえるだろうし。だからみんなの写真がいっぱいでも、おかしくないんじゃないかなっ」

必死にフォローしようとするわたしに、矢野くんは探るような目を向けてくる。

「いやに力説するな、沢井」

「えっ。そ、そんなことは……」

内心ダラダラと冷や汗をかいていると、彼はふと息をついて視線を落とした。

意外と長いまつ毛が下まぶたに影《かげ》を作る。

「そういうもんなのかね。でもさ、それにしては妙に俺らの写真が多いと思うんだよな」

「俺ら？」

「俺と、沢井」

「……ええっ⁉」

本当に？と思わず手もとの写真と、すでに貼りつけた写真を確認してしまう。

たしかに矢野くんの写真は多かった。

本当は矢野くんに渡すアルバムなのだからそれは正しい。

でも明らかに登場率ナンバーワンだったので、いくらなんでもわかりやすすぎじゃないかなと心配はしていたのだ。

「た、たしかに矢野くんは多いけど、わたしはそんなにいないんじゃ」

「いるよ。ここと、こっちにも。ほら、これも」

「え？う、ウソ。どれ……」

矢野くんが示した写真を見ると、たしかにわたしも写っていた。

けれど矢野くんのように写真の中心にいるのではなく、隅《すみ》で見切れていたり、うしろのほうで小さく写り込んでいるような写真ばかりだった。

まあそうだよなあと、自分で苦笑いする。

矢野くんと違って目立つタイプではないので、誰かに写真を撮られた記憶《きおく》はあまりない。

昔から、学校行事でプロのカメラマンが同行するような時も、あまり撮られることがなく、自分の写真を見つけるのは至難《しなん》の業《わざ》だった。

自分でも撮るほうではないし、まともな写真が少ないのは仕方ない。

もしかしたらこの小さくわたしが写り込んでいる写真は、茅乃が気をきかせて印刷してくれたのかもしれない。

わたしの矢野くんへの片思いを知っているから、せめて彼へのプレゼントのなかに、わたしを多く登場させてやろうと考えてくれたんだろう。

「わたしのはアレだけど、矢野くんの写真はみんな気を遣《つか》ってくれたのかも？」

「なんで？」

「ク、クラス委員だから？　ほら、こうしてアルバムも作ってるし……」

「あー……いわゆる忖度《そんたく》したってこと？」

ニヤリと笑い、最近ニュースでよく取り上げられる言葉を使った矢野くんに、わたしもようやく肩の力が抜けて笑い返した。

「そう。忖度だよ。うん」

「たいして俺らに得《とく》のない忖度だな」

「それはそうかも」

なんとかごまかせたようで、ほっと胸をなでおろす。

今回はうまく危機を回避《かいひ》できたけど、これじゃあ心臓がいくつあっても足りない。

自分でもウソが下手なことはわかっているし、本当にこの役、向いていないと思う。

あらためて切実《せつじつ》に、今からでも誰かに代わってほしいと願った。

ペタペタと切った写真を貼りすすめ、新しく追加されたものを手に取った。

「あ……。写真、今度は体育祭のだね」

初夏に行われた体育系イベントだ。うちの学校では球技系競技のトーナメントと陸上競技大会の両方が開催され、クラスごとに競いあって盛り上がる大イベントなのだ。

わたしが手にした写真には、ドッジボールでボールが頭に当たった瞬間の栄田くんが写っていた。

そのすぐそばで、矢野くんが大笑いをしている。

いい写真だなあと、ついじっと見つめてしまった。

あとでこの写真のデータ、もらえないかな。

矢野くんも、懐《なつ》かしそうに話に乗ってきた。

「惜《お》しかったよな。総合順位三位」

「うん。すごく盛り上がったよね。この学年で上位に入ったのはうちのクラスだけだったし、ビックリしたよ」

わたしはどちらかというと運動が苦手なので、バスケットボールに参加してみんなの邪魔にならないようコートの端でとりあえず走っていただけだったけど。

「俺は悔しかった。種目にサッカーがあればなぁ」

「球技はバレーとバスケとドッジボールだったもんね。……矢野くん、サッカー得意《とくい》なの？」

矢野くんは運動神経が抜群に良くて、体育の授業でも何をやっても目立っていた。帰宅部でいるのはもったいないと、よく栄田くんたちが話していたっけ。

「俺、元サッカー部」

「そうだったんだ！　どうして高校では部活に入らなかったの？」

単純に、サッカーをする矢野くんが見てみたかったなという、それだけの気持ちだったのだけれど。

口にしてから、無神経《むしんけい》な質問だったかもしれないと気づき、あわてて口を手で押さえた。

「ご、ごめん。なんとなく聞いただけだから、答えなくても……」

オロオロするわたしに、矢野くんは小さく笑って肩をすくめた。

「べつに隠してることでもねぇよ。面倒くさくなったからやめただけ」

「ケガしたとかじゃなく？」

「身体丈夫だから、小学校からやってたけどケガはしたことねぇよ。中学入って、上下関係にうるさくなって、そういうのがわずらわしかったからやめたんだ」

「そ、そうなんだ……」

矢野くんらしいな、と思った。

半年以上一緒に委員をしていて思ったことだけど、矢野くんは物事をズバズバとハッキリ言いきってクラスをまとめていくけど、それは自分勝手というよりも的確という言葉がピッタリで、わたしも納得させられることばかりだった。

間違ったことは先生や上級生に対しても指摘するし、言葉はキツイけれど、それでいて嫌われないのはそれだけの説得力と信頼があるということだと思う。

そんな矢野くんがサッカーを続けなかったということは、きっと好きなものを手ばなしたくなるくらい、何か理不尽《りふじん》なことがあったんだろう。

「あっ。そうか。ずっとサッカーをしてたから足が速いんだね！　矢野くん、リレーのアンカーで大活躍だったもんね」

うちのクラスにも陸上部の部員はいるけれど、彼はやり投げの選手なので足が速いタイプではなかった。

それでアンカーを誰にするか話し合い、体育の時間に計測したタイムを元に白羽の矢が立ったのが矢野くんだった。

短距離走《たんきょり》のタイムを計った時、一番記録が良かったのが矢野くんだったから。

体育祭の最後の種目、クラス対抗リレーでアンカーにバトンが渡った時、うちのクラスは五位だったけど、矢野くんがごぼう抜きをして二位にまで順位を上げたのだ。

「つっても、やっぱ専門の奴には勝てなかったけどな」

「でも二位ってすごいよね。最後ギリギリ逃げきったのも、三年生の陸上部エースの人なんでしょう？　やっぱりすごいよ」

速く走ろうとすると足がもつれて転んでしまうわたしから見れば、矢野くんはまるで初夏に吹く一陣《いちじん》の風のようだった。

「ほんと、すごかった……」

あの時のことを回想して言葉がこぼれた。

「……そんなすごいすごい言うなよ」

「あ。ご、ごめんね」

怒ったように言われてしゅんとする。

あの時の感動を思い出して、思わず夢見心地《ゆめみごこち》で言ってしまったけど、矢野くんにとっては悔しい思い出なんだろう。

「……沢井は？　中学の時から美術部？」

「う、うん」

「うまいもんな、絵」

自分のことをほめられて、一瞬頭がまっ白になるくらい驚いた。

まさか矢野くんにほめられるなんて、奇跡《きせき》が起こったみたい。

「そ、そんなこと。わたしは続けてるだけで、全然下手なんだけど……」

どう返答すればいいのかと、手を振りながら焦ってそう言うと、矢野くんはなぜかムッとした顔をした。

「そういうの、よくないぞ」

「……え」

「お前が自分で下手だと思ってたら、お前の絵は下手なままだ」

どういう意味だろう。

下手だから下手、と言うのはいけないんだろうか。

下手だけどうまいと言えば、うまくなるんだろうか。

わたしより絵がうまい人なんて数えきれないほどいる。

ほかの美術部員も、わたしよりうまい人たちばかりだ。

中学の時に一度だけ小さな賞をもらったことがあるけれど、あれはまぐれというか、運が良かったんだと思っている。

「でも、本当にうまくないから……」

「だったらなんで描いてんの？　下手だけど……って言いながら人に見せて、全然下手じゃないよ、うまいじゃんって言われたいわけ？」

相変わらず厳しいもの言いに、一瞬言葉に詰まる。

やっぱりわたしは、ほかの人よりずっと矢野くんに怒られることが多い。彼がこんなに厳しく言う相手は、わたしだけな気がする。

「そ、そんなこと思ってないよ」

「だったらみっともない予防線《よぼうせん》張るのやめれば？　守りに入ってたらいつまで経ってもうまくなんかなれねぇよ」

容赦《ようしゃ》のない言葉に、恥ずかしくて顔を上げられなくなった。

バレていた。

わたしの情けない弱さ。

下手だからと言いわけをして、傷つくことを避けているわたしの心は、彼にはお見通しだった。

「なんでお前ってそんなに本音を言わないの？」

言わないんじゃない。

言えないだけだ。

矢野くんのような強い人にはわからないだろう。

自信がないから言えない。否定されるのが怖いから言えない。

いつだって周りの目や考えばかりが気になって、自分の気持ちは自然とあと回しになる。

そうしなきゃ不安でたまらなくなるわたしのような弱い人間の気持ちは、彼にはきっと一生理解できないだろう。

「これ、体育祭の応援旗《おうえんき》。これもクラスごとに点数ついて、総合順位に影響したじゃん」

矢野くんがぴらりとめくって見せてきたのは、応援旗を囲んで撮ったクラス写真だ。

「沢井が描いた応援旗、かっこよかったよ」

そんなこともあったなあと、数カ月前のことを懐かしく思った。

体育祭では活躍なしだったわたしだけれど、クラスごとに掲《かか》げる応援旗をまかされて、そこでは少しは役に立てたと思う。

「でも、順位は全然ふるわなかったけどね……」

「は？　学校全体で四位って充分すげーだろ」

「だって、旗は未完成で、結局体育祭当日になっても終わらなかったから……みんなに申し訳なくて」


体育祭では競技のほかに、応援部門もコンテストがあって、その成績が総合順位にも影響する。クラスごとに応援旗を作り、そのデザインと仕上がりも審査《しんさ》の対象になる。わたしは美術部だからと応援旗のデザインと制作をまかされて、一生懸命取り組んだのだけど。

本来なら体育祭二日前には体育委員会に提出しなければいけなかったのに、無理を言って当日の朝ギリギリの時間まで作業をしていた。

それでも終わらず、結果は四位だったものだから、クラスのみんなにも、待たせて迷惑をかけた委員会にも申し訳ない気持ちでいっぱいで、しばらく落ち込んだことを思い出す。

「それだよ。未完成で四位ってどんだけだよ。完成してたら一位確実だろ」

「そ、それはどうかな……」

一位だったのは我が美術部の部長の作品だ。

力強いタッチで描かれた龍《りゅう》が、天へと昇っていくデザインだった。

それは誰が見ても文句なしの一位で、その圧倒的なかっこよさにわたしも目が釘《くぎ》づけになった。

わたしが描いたのは、フランス革命を主題にしてウジェーヌ・ドラクロワが描いた『民衆を導《みちび》く自由の女神』を模倣《もほう》した、ジャージを着て立ち上がるクラスメイトたちだ。

体育祭実行委員だった栄田くんを先頭に、リレーのバトンやバスケットボールを手に笑顔で敵《てき》に挑《いど》もうとするみんなの姿を表現した。

圧巻《あっかん》だった部長の龍の力強さに比べると、わたしのデザインは穏やかな印象があって迫力に欠けていた。

だからたとえ完成していたとしても、部長のあの絵を超えられはしなかっただろう。

「完成しなかったのだって、沢井がひとりでやってたからだろ？　美術部だからってみんなお前ひとりに仕事押しつけるからじゃねぇか」

「そんな。べつに押しつけられたわけじゃ……」

「クラス委員の仕事もあって忙しいのに、応援旗までやらされちゃ終わるわけねぇだろ」

「たしかにほとんどわたしひとりで描いたけど、それは構図《こうず》がなかなか決められなかったり、イメージがうまくみんなに伝えられないわたしが悪かったから……」

茅乃も心配してくれたけど、大丈夫と強がったのはわたしだ。

遅れていることに焦り、でもそれを指摘されたくなくて、ひとりでもできると意地を張った。

「だから、そもそもお前ひとりで決めなきゃいけないもんじゃないだろって。お前も思っただろ。誰も手伝わないってどういうことだよって。さすがに腹立ったんじゃねぇの？」

「そ、それはないよ。本当に。デザインをまかせてもらえたのがうれしくて、気合が入りすぎたんだと思う。わたしっていつもそうやって空回りして、足を引っぱっちゃうんだよね……」

ごめんなさい、となるべく明るく言ってみた。

けれど矢野くんから返ってきたのは、あからさまなため息と、がっかりしたような視線。

「……信じらんねぇ。俺はお前と一生わかりあえない気がする」

拒絶《きょぜつ》ともとれるその言葉が、胸に突き刺さる。

わからない、というよりも、わかりたくないという意味合いのほうが強いのは、その言葉尻《じり》から読み取れた。

好きな人に軽蔑《けいべつ》されていくのを、こんなにも直接感じなければいけないなんて、どんな拷問《ごうもん》だろう。

嫌われたいわけじゃない。

好きな人には好かれたいと思う。

けれどどうやったら好かれるのかがわからない。

いや、本当はわかっている。

藤枝さんみたいになればいいんだろう。

彼女のように自分に自信をもって、言いたいことを言って、上手に甘えて、遠慮《えんりょ》をしなければいい。

頭ではわかっていても、どうやったらそれを実行できるのかがわからないのだ。

わたしはどうがんばっても、藤枝さんのようにはなれそうにない。

どうしよう。もう無理だ。気持ちを浮上《ふじょう》させられない。

矢野くんの前で笑顔を保《たも》てる気がしない。

沈黙のなか、作業を進めていく。

しばらくすると、矢野くんが思い切ったように口を開いた。

「……いや、ごめん。そうじゃなくて」

「え?」

「そうじゃなくて、俺は」

写真を握りしめながら、ひどく思い悩む様子の彼に、わたしも手を止める。

「俺が言いたかったのは、お前の絵がすごく……」

矢野くんの言葉が途切《とぎ》れた時、廊下から声をかけられハッと顔を上げた。

「沢井さん？」

教室前方の入り口に、男子生徒がひとり立っている。

それが美術部部長の宮崎《みやざき》先輩だと気づき、あわてて立ち上がった。

「部長！」

すでに美術大学への入学が決まっている部長は、卒業ギリギリまで美術部の活動を続けるという。

実は部長という役はとっくに二年生に引き継がれているのだけど、部員たちはまだ宮崎先輩を「部長」と呼んで慕《した》っていた。

わたしが駆け寄ると、先輩は申し訳なさそうに頭に手をやる。

「ごめんね、教室まで来ちゃって。沢井さん部活に来ないから、どうしたのかと思って」

「あ……っ！」

「黙って休んだこと今までなかったでしょう。ちょっと気になって様子を見にきたんだ」

「す、すみません！　連絡するのすっかり忘れていました！」

無断《むだん》欠席なんてこれまでも、中学の時だってしたことがないのに。サプライズの大役をまかされたことで頭がいっぱいで、うっかり部活のことを忘れてしまっていた。

とにかく抜けているというか、自分の鈍くささが情けなくなる。

「本当にすみません！　講師《こうし》の先生にも謝らなくちゃ……」

「いいよいいよ。それは僕から伝えておく。何か用事があったんでしょ？」

「は、はい。クラス委員の仕事で……」

顔だけ矢野くんを振り返ると、彼は少し眉を寄せ、不機嫌そうな様子でじっとこちらを見つめていた。

「だったら気にすることはないよ。僕が気になってお節介《せっかい》で来ただけなんだから。体調が悪かったとかじゃないならいいんだ」

「そんな……。ご心配おかけしました。わざわざ気にして来てくださって、ありがとうございます」

なんて優しい人なんだろう。それまでささくれだっていた気持ちが和《やわ》らいでいくような気がした。

だからみんな、まだ部長と呼んでしまうんだ。

宮崎先輩に、部長としてずっと部にいてほしいから。

わたしも部長が卒業していなくなってしまうのが、今から寂しくて仕方ない。

先輩は背は高いけれどとても細身で、風が吹けば倒れてしまいそうな見た目だけれど、人としての器がとても大きく、心から尊敬できる人なのだ。

「……あれは、彼氏？」

教室の奥をちらりと見て、部長がイタズラっぽく笑って聞いてきた。

「か……っ⁉　い、いえ！　全然、そういうんじゃ！　も、もうひとりのクラス委員で」

「そうか。邪魔して悪かったかなと思って」

「もう、部長。からかわないでください……」

まっ赤になるわたしに、先輩は気安く頭をなでてくる。

教室の中から、ガシャンと何かものが落ちる音がした。

振り返ると、矢野くんがわたしのペンケースを落としたらしく、あわてて拾っている姿があった。

「ごめんごめん。じゃあ、僕はいくよ。顧問《こもん》や部員には伝えておくから、委員の仕事に専念してね」

「はい。ありがとうございます、部長」

「うん。また明日ね、沢井さん」

委員の仕事、がんばってね。

そう微笑んで、部長は美術室のある教科棟へと戻っていった。

どうしよう。まだ顔が熱い。

ごまかすように自分の頬を強くこすりながら席に戻ると、なぜか矢野くんにじろりとにらまれた。

「今のって、美術部の？」

「あ、うん。うちの部の部長……じゃなくて、元部長」

「一位の応援旗の人か」

「そうそう。わたし部活休むこと言うの、すっかり忘れてて。わざわざ気にして来てくれたんだって」

「ふーん。……ずいぶん仲が良さそうだったな」

なんだか問いただすような聞き方に、思わず首をかしげる。

「そう、かな？　うーん、そうかも。うちの部、みんな仲良しだし」

物静かな部だと思われがちだけど、意外に部活中はみんな和気《わき》あいあいとおしゃべりしながら、それぞれ作業をしている。

それに唯一《ゆいいつ》の男子部員である部長は、わたしが緊張せずに話せる唯一の異性《いせい》でもある。

「ああ、だからか」

矢野くんは鼻で笑うように言った。

「だから仲良しな部長になら負けてもいいやって?」

「そんな言い方……」

驚いて矢野くんを見た。

ひどい。そう思った。でも言えない。

負けてもいいや、とあの時思ったわけじゃないけれど、部長が一位なら当然だとは思ったのだ。

完成させられなかったのは申し訳なかったけれど、部長に負けて悔しいとは、正直みじんも思わなかったのは確かだ。

「そんな中途半端な気持ちだから、応援旗も未完成で終わったんだろ」

「た、たしかに未完成だったけど、あれはわたしなりに一生懸命……」

「一位を目指すなら、未完成で終わらせるよりみんなにもっと声かけて一緒にやれば良かったんだ。お前だけの旗じゃねぇんだから」

「それは……」

「それができなかったのは、頼まれたから仕方なくってていう気持ちがあったからだろ。みんなに不満があるくせに口にしないで嫌々やって、誰も協力しないんだから未完成でも仕方ないだろって、そういう考えでいたからだろうが」

言い返そうとして、けれど適当な言葉を見つけられずに口を閉じた。

嫌々やっていたつもりは本当にない。

未完成でも仕方ないとも思っていなかった。実行委員会に無理を言って、当日ギリギリまで作業をしていたのだ。

けれど、たとえ完成していたとしても、一位はないと思っていた。

でも、それじゃあダメだったんだ。わたしなんか無理だと思っていたとしても、引き受けたのなら一位をはじめから目指すべきだったんだ。

何がなんでも一位を、という思いがあれば、なりふりかまわず手伝ってほしいと声をかけられたのかもしれない。

わたしが本気だったら、協力してくれる人も現れたかもしれない。

そういう強い気持ちがなかったから、完成させられなかった。

矢野くんの言うとおり、わたしはひとりでやっているという言いわけを、無意識のうちに作っていたんだろうか。

そうじゃないと、自信をもって言い返すことができない自分が情けなくて唇を噛む。

言い返さないわたしに、矢野くんは失望したように視線を下げた。

「なんでいつも黙るわけ？　違うんならちゃんと伝えろよ。そういうとこ、ほんと腹立つ」

痛いくらいの沈黙が再び訪れた。

こんなにも教室を居心地悪く感じたことは今までない。涙がこぼれないように我慢するのが精いっぱいだ。

ショキンという写真を切るハサミの音が大きく響く。

写真を貼りつける手が小刻みに震えてしまうのを止められない。

もう絶対に無理だ。絶望的だ。

みんなに連絡して別の人と交代してもらおう。

そう決めると、じわりと目に涙がにじんできた。

性格のことだけならまだしも、大好きな絵のことについて厳しく言われたことは、自分でも思っていた以上にダメージが大きかったみたいだ。

わたしの様子に気づいたのか、矢野くんはギクリとした顔をして、あわてたように口を開いた。

「え、いや。俺、そんなつもりじゃ……」

その時、カタンと入り口のほうで音がして、わたしと矢野くんは同時にそちらを振り返った。

「いたいた、瞬。何やってんの──？」

藤枝さんだった。

心なしか、さっき会った時よりも唇や頬が淡く色づき、目もぱっちりして見える。

全体的に輝きを増した藤枝さんが、ニコニコ笑いながら教室に入ってきた。

わたしは彼女に見られないよう、うつむいて浮かんでいた涙をハンカチでふく。

「言っただろ。小森のサプライズの準備。つーかお前、何しにきたんだよ」

矢野くんの鋭い視線にもどこ吹く風で、藤枝さんはわたしたちの机の横に立った。

彼女が手もとをのぞきこむと、ゆるく巻かれた髪が揺れ、甘い匂《にお》いがふわりと舞い、なぜかわたしがドキドキさせられる。

この女子力の高さはわたしにはないものだな、なんて、まだ熱い目もとを気にしながら考えた。

「あたしも言ったじゃん。絶対見にいくって。それに作るの得意って言ったでしょ。あたしの手帳見る？　デコりまくって超かわいいよ」

「べつに見たくない。つーか手伝いとかいらねぇし」

「何遠慮してんのー？　あたしと瞬の仲じゃん」

「お前な……」

まるで痴話喧嘩《ちわげんか》のようなふたりの息の合ったかけ合いに、また違った感情が心の奥からわきあがってくる。

藤枝さんとしゃべっている矢野くんは、わたしと一緒の時より気楽そうだな……と、そんな思いが心をかすめる。

ひとり勝手に胸を痛めていると、藤枝さんがちらりと視線を投げかけてきた。

ハッとして立ち上がる。

長いまつげにふちどられたガラス玉みたいにキラキラ輝く瞳に、「ほら、あっちへ行け」と言われているのを感じた。

「あ、あの！　ちょっと、トイレに行ってくるね……」

「あ、おい！　沢井！」

矢野くんの焦ったような呼びかけを無視し、目を細める藤枝さんに小さく頭を下げ、廊下へと向かう。

「……お前ホント邪魔」

「邪魔じゃないもん。役に立つも〜ん」

背中でふたりの会話を聞きながら、邪魔なのはわたしだなと思い、教室をあとにした。

席を立つ時、なんとか手に取ることに成功したスマホを握りしめながら、廊下を足早に進む。

誰もいない階段脇《わき》まで来たところで、大きく息をはき、がくりとうなだれた。

「ダメだなぁ……」

本当に、全部ダメ。

何もかもがダメ。

自分のダメさにあきれを通り越して笑えてくるほどだ。

もう教室には戻りたくない。

このまま家に帰ってしまってもいいんじゃないだろうか。

わたしがいても、サプライズの役には立てないし、矢野くんと藤枝さんの邪魔になるだけだ。

わたしにできることはない。

役目のないわたしに、居場所なんてないのだ。

小さい頃からそうだった。

人より鈍くさく、お荷物《にもつ》になることが多い子だった。

両親が不仲になった時も、やっぱりわたしはお荷物でしかなくて。

離婚《りこん》についての話し合いや、今後の仕事、生活の取り決めを両親がするあいだ、わたしはしばらく父方の祖母の家にあずけられた。

小学四年生の夏休みの一カ月ほど、農家をしている祖母の家でひとりきりで過ごした。

いや、実際は家には人がたくさんいた。

祖母と、同居する伯父《おじ》夫婦、その三人の子どもたち、つまりわたしの従兄弟《いとこ》。ほかにも近くに住む親戚《しんせき》がしょっちゅう出入りしていたので、たくさんの人の笑い声やケンカの絶えないにぎやかな家だった。

そのにぎやかな大きな家にいながら、わたしはひとりきりに感じていたのだ。それまであまり顔を合わせることのなかった親戚なんて、他人とほぼ変わらなかった。

そんな人たちと二十四時間ともに過ごし、慣れない生活サイクル、勝手のわからない農作業の手伝い、母の料理とは違う味付けの食事に、心が折れそうだった。田舎特有の濃密《のうみつ》な輪の中に入れない、冷たいまでの疎外《そがい》感に、夜中こっそり泣いたこともある。

居場所がないのがつらく、とにかく率先して祖母や伯母の手伝いをした。手伝いをしているうちは、周りになじめなくてもそれほど気にならなかったから。従兄弟たちはそれぞれ好き勝手に過ごし、あまり家の手伝いをしないようで、祖母たちには大いに喜ばれ、それもうれしかった。

頼まれれば掃除《そうじ》も荷物《にもつ》運びもなんだってしたし、頼まれなくても自分にできそうな仕事を探すようになった。

そうしてその一カ月で、与えられた役目をまっとうすることで存在を許されるような、そういう気持ちが自分の中で芽生《めば》えていた。

夏休みが終わり、両親が離婚して母とふたりの生活になっても、それは変わらなかった。

仕事で忙しい母に代わり家事を引き受け、母に感謝されることで安心する。

自分の存在が〝お荷物〟ではないと、役目をもらうことで思えるようになった。

何よりこんな鈍くさいわたしでも、母を喜ばせることができるのだと思うと、今まで感じたことのない誇《ほこ》らしさが生まれていったのだ。

だから学校でも、誰かに喜んでもらえることなら引き受けた。

わたしが友だちを笑顔にしてあげられることがうれしかった。

けれど、矢野くんにはそれが難しい。

わたしでは、なんだかいつもイラ立たせてしまうようで、彼を笑顔にしてあげることができない。

それを痛感《つうかん》してしまった。

時間を確認しようとスマホに目を落とし、ギョッとした。

メッセージの通知数がとんでもないことになっている。
あわててアプリを開けば、そのほとんどがわたしを心配する声ばかりだった。

茅乃＜(代わりって、どうしたの千奈)
美也《みや》＜(何かあったの？)
高居＜(矢野にいじめられたのか)
堀江＜(アイツは口が悪いからなあ)
栄田＜(でも口が悪いだけで、悪気はないんだよ、ほんと！)
由香＜(悪気がなくても、冷たい言い方は傷つくって)
沙里《さり》＜(とにかく一度教室を出ておいで)
長尾《ながお》＜(一緒にみんなで考えよう)
茅乃＜(教室出たら連絡してよ、千奈)

目頭《めがしら》が熱くなり、歯をくいしばり鼻をすする。
みんなの期待に応《こた》えられない自分が情けない。

けれどそんなわたしを心配してくれるみんなの気持ちがうれしかった。

目に浮かんだ涙をぬぐいながら、茅乃に電話をかける。

親友はスマホを握りしめ待機《たいき》していたかのように、すぐに電話に出てくれた。

「もしもし、千奈？　大丈夫？」

「茅乃……ごめん」

ぬぐったそばから、涙がまたこぼれる。

心細さと申し訳なさ、それから自分の情けなさに唇を噛んだ。

「今どこ？　矢野は一緒じゃない？」

「うん……。ひとりで、階段の横にいる」

「それなら階段のぼって、視聴覚《しちょうかく》室においで。鍵借りて、今みんなでそこで作業してるから」

「わかった……」

言われたとおりに視聴覚室に向かうと、クラスメイトのほとんどが揃っていたので驚いた。

それぞれグループに分かれて床や机で、明日のパーティーで使うだろう飾りを作っている。

折り紙の輪をいくつもつなげて作る定番のものや、薄い色紙で作る花など。

買い出しもとっくにすんでいたようで、教室の隅に買い物袋がいくつか並んでいた。

「きたきた、千奈」

「茅乃……」

「大丈夫？　やだ、目がまっ赤じゃない。どうしたの。矢野にひどいこと言われたの？」

親友の顔を見たとたん、ほっとしてダムが決壊《けっかい》したように涙がどっとあふれた。

わたしを支えるように両肩をつかんだ茅乃が、険《けわ》しい顔になる。

「あ、沢井さん！　代わりってどうしたの。何かあったの？」

わたしに気づいた、栄田くんたち男子が近寄ってきた。

それにみんなもこちらを見て、それぞれが作業の手を止める。

「矢野になんか言われたか？」

「気にすんなよ。矢野ってマジ口悪いけど、誰にでもだから」

「そうそう。沢井さんがどうこうっていうんじゃないんだぜ？」

口々に励ましの言葉をかけてくれる彼らを、茅乃はうっとうしそうに手を振って追い払った。

「あー、うるさいうるさい。男子はあっち行ってなさい。まずは千奈の気持ちを聞いてからでしょ」

茅乃の長いまつ毛にふちどられた瞳が、わたしを見つめて微笑む。

まるで母親……と言うと怒られそうなので、姉のような慈愛《じあい》のこもった視線に、心にまとった鎧《よろい》が脱がされていくような気がした。

「ほら、千奈。遠慮も我慢もしなくていいから。あんたの気持ち、言ってみな」

「茅乃……わたしじゃ、無理だ」

「どうして？　矢野が怖いの？」

怖い……。

考えて、そっと首を横に振る。

たしかに恐怖感はある。

何を言われるかとビクビクしてしまう。

でもそれは、彼自身を怖いと思っているのではないと気づいてしまった。

「……矢野くん、ずっとわたしに腹を立ててばかりなの。少しまともに話せるようになったと思っても、気づいたら彼をイラ立たせてる」

彼をイラ立たせてしまうことが怖い。

あの目でにらまれるのが怖い。

彼にあきれられるのが怖い。

つまりわたしは、矢野くんに嫌われることが怖いんだ。

「矢野がそう言ったの？」

茅乃がわたしを落ち着かせるように、優しく話す。

「何回も……腹が立って」

言いながら彼の声を思い出し、組んだ手をぎゅっと握る。

「アイツほんと口悪いな！」

「賢《かしこ》いフリしてっけど、バカだよな矢野は！」

「男子うるさい！……それで、誰かに代わりをって？」

矢野はバカだと騒ぐ周りの男子を黙らせて、茅乃がわたしの顔をのぞきこむ。

悔しさのようなものを感じながら、うなずいた。

「わたしじゃ、矢野くんの心を開けないから。笑ってすらもらえないし、逆にどんどん心を閉ざしていっちゃうみたいだから」

「そう……。じゃあ千奈は、誰なら矢野の心を開けると思うの？」

「誰……それは、わたし以外なら誰でも……」

誰でもできる。

そう言おうとして、鼻の奥に残った甘い香りが蘇《よみがえ》る。

自信に満ちあふれた華やかな笑顔。

矢野くんと遠慮のない言い合いができる唯一の女の子。

「……藤枝さん、かな」

「え？　藤枝って……矢野の元カノの？」

「うん。藤枝さんなら矢野くんの心を開いて、転校のことも引き出せると思う」

並んだふたりの姿を思い浮かべると、胸がもやもやし、ズキズキする。

矢野くんに何を言われても平然《へいぜん》としていた藤枝さんを、うらやましいと思った。

こんなに人をうらやましいと思ったことは、今までなかった。

「それはダメだ！」

すぐそばで聞いていた栄田くんが、怒ったように叫んだ。

「栄田くん……？」

「なんで矢野の元カノなんかに頼むんだよ！　イマカノならまだしも、とっくに別れた相手だろ⁉」

いつも笑顔で明るい栄田くんが怒る、珍しい姿にとまどう。

どうして彼が怒るのかわからない。

「で、でも。たぶん藤枝さんならできると思う。わたしなんかより、よっぽどうまく聞き出せるんじゃないかな……」

「千奈はどうして藤枝さんならできると思うわけ？」

「それは……」

みんなの視線を一身《いっしん》に浴びて恥ずかしくなりうつむく。

自分の気持ちを話すのは苦手だ。

内面をさらけ出すようで、恥ずかしいし、どう思われるかと思うと怖い。

「話をしているふたりが……自然だったから。アルバムを買いにいった時に藤枝さんに会って、まるでまだ付き合ってるみたいに話してた」

なんだかこれじゃあ、わたしが藤枝さんに嫉妬していると白状《はくじょう》しているみたいだ。

赤くなっていいんだか、青くなっていいんだかわからない状況に、泣きたい気持ちになってくる。

「でもふたりは別れてるよ！　矢野自身が言ってたんだし、間違いない！」

栄田くんの必死な主張に、顔をうつむけながら首を振る。

「そうかもしれないけど、でも……実は今も、教室でふたり一緒なんだよね」

「はあ？　なんで藤枝さんと矢野が一緒にいるんだよ……」

虚《きょ》をつかれたような栄田くんの声がしたけれど、周りは「ああ」と納得した様子でささやきはじめた。

「なるほど。藤枝さんのほうが、まだ矢野に未練があるってことか」

「なんとなくそんな予感はしてたよねー」

そんな会話が聞こえ、栄田くんは驚いたように振り返った。

「えっ。そ、そうなの？」

「鈍いぞ、栄田」

「矢野は罪《つみ》な男だな～」

「別れたのにあんな美女にまだ迫られるか」

「イケメン滅《ほろ》べ」

からかいとやっかみ半分の言葉に、栄田くんはまた声を荒らげた。

「だとしても、やっぱりダメだろ！」

いつもの冗談ではない、本気の彼の訴《うった》えに視聴覚室内がしんと静まり返る。

「栄田くん……どうして」

どうして、そこまで栄田くんが藤枝さんを拒絶《きょぜつ》するのかわからない。

きっと藤枝さんなら、喜んでわたしたちに協力してくれると思うのに。

「だって、俺らでやるサプライズじゃん！」

「え……」

「矢野は俺たちのクラスメイトなのに、ほかのクラスの元カノなんかにまかせるなんて悔しいだろ！」

真剣な彼の叫びが、静まり返った室内に響き渡る。

教室にいるみんなが黙って、わたしたちのことを見守っていた。

目を赤くして唇を噛む栄田くんは、本当に悔しそうな顔をしている。

彼が心から矢野くんの転校を悲しんでいて、何かしてあげたいと本気で思っているのがあらためて伝わってきた。

まっすぐに、びりびりと。

わたしの心を揺さぶるほどに。

たぶん本気は伝染《でんせん》するんだろう。

完全に折れたと思ったわたしの心に、添《そ》え木を当てられたように感じた。勇気を出せと、ぐるぐるに包帯《ほうたい》を巻かれ励まされた気がした。

栄田くんはただひたすら、矢野くんを大切に想っている。

それに比べてわたしは何をやっているんだろう。

嫌われるのが怖いとか、どうせわたしなんてとか、いつも自分のことばかり。

わたしのことはどうでもいいんだ。

矢野くんに感謝しているなら、矢野くんが大切なら、矢野くんのことが好きなら、自分のことは二の次にして、今できることだけを考えよう。

「……そうだね。それは悔しいってわたしも思う」

ぎゅっと手を握りしめ、覚悟を決めた。

「わたし、もう一回がんばってみるよ」

「沢井さん！」

栄田くんの顔がパッと輝く。

あんまりうれしそうだから、わたしもうれしくなって微笑んだ。

「さすがクラス委員！」

「元カノなんかに負けるな！」

周りの男子にもそんなエールをもらい照れくさく思っていると、親友が「もう、男子はマジ黙れ！」と彼らを追い払う。

そして次に、心配そうにわたしを見つめてきた。

「本当に大丈夫？　頼まれたからって、嫌なら無理することないのよ」

「どうしたの、茅乃。いつもはもっと自信もて、とか根性見せろ、とか言うのに」

「そりゃあ自慢の親友に、もう少し度胸《どきょう》をつけてもらいたい気持ちはあるのよ。でも嫌々ならむしろやらないでほしい。千奈には拒否する権利があるんだから」

「茅乃……」

わたしをからかったり、たきつけたりすることが多い茅乃が、こんなにわたしのことを考えてくれていたなんて。

親友の気持ちにますます勇気づけられた気になって、力強くうなずいてみせた。

「ありがとう。ここに来る前は無理だって思ってたけど、最後にもう一回だけがんばってみるよ」

「そう。千奈がそう決めたなら応援する」

「でも失敗したら、フォローを頼んでもいい？」

「それはもちろん！ あんたはひとりじゃないんだから。いつだってわたしを、みんなを頼っていいんだからね」

わかった？と念押《ねんお》しされ苦笑する。

わたしがなかなか人を頼れない性格だということを、茅乃はよく知っているからこんなふうに言ってくれるのだ。

厳しいけど優しい。そんな親友がいて、恵まれているなあとあらためて思った。

わたしはもっと、周りを信じて頼っていいんだ。

甘えても大丈夫なんだ。わたしのなかで何かが変わるような気がした。

「沢井さん、頼むぜ！」

「千奈、ファイト！」

「藤枝さんに負けないで！」

「性格なら千奈の圧勝《あっしょう》だから！」

「いや、沢井さんは顔もかわいいだろ？」

「それ、わかる。俺藤枝さんみたいなキツイ系はちょっと……」

「沢井さんは癒《いや》し系だぞ！」

「ちょっと男子！　便乗《びんじょう》してなんの話してんのよ！」

「千奈は女子にとっても癒しの天使なんだから！」

「とにかく、俺たちがついてるからな！」

「クラスみんなが味方だよ！」

それまで見守ってくれていたクラスメイトたちに、次々と声をかけられ胸が熱くなる。

もっと彼らを信じたい。

ああ、そうか。

信じること。

きっとそれが自分の居場所をつくるんだ。

「みんな、ありがとう」

いってきます。

そう言って笑顔で視聴覚室をあとにした。

静かな廊下に出て、うしろ手に扉を閉める。

しばらく自分の足もとを見つめていたけれど、大きく深呼吸《しんこきゅう》をして顔を上げた。

まっすぐ前を見すえて。

ここに来る前と状況は何も変わっていない。

なのに気持ちはこんなにも違う。

みんなからもらったエールによって胸に灯《とも》った、勇気のともしびが消えないうちに、教室に戻ろう。

ひとつ、決めたことがある。

矢野くんに笑ってほしいなら、わたしも笑おう。

教室に戻ったら、何があっても笑顔だけは絶《た》やさないと心に誓った。

解散

最後のチャンス

言い争《あらそ》うような声が廊下に響いている。

驚いて教室に駆け込むと、なぜかクラスの男子ふたりが矢野くんに首根っこをつかまれた状態で暴《あば》れていた。

帰宅部の越智《おち》くんと横山《よこやま》くんだ。

いつも矢野くんと栄田くんのやりとりに、横からやいのやいの言いながら笑っているふたりで、矢野くんと仲もいい。

たしかあのふたりは買い出し班だったはずだけれど、どうして教室にいるんだろう。

それに藤枝さんの姿がどこにもない。

きっとまだ矢野くんと楽しくおしゃべりをしているだろうと思っていたのだけれど、自分のクラスに戻ったのだろうか。

それならもう、わたしが気を遣うのも終わりにして大丈夫なんだろうか。

「あ！　沢井さん戻ってきた！」

越智くんがわたしに気づき、助かったとばかりに笑顔になる。

隣で横山くんもすがるような目を向けてきたので、とまどいつつ彼らに近づいた。

「えっと……ど、どうしたの？」

「助けて沢井さん！　矢野が離してくんねーんだよ！」

「ムダに力強ぇの、このゴリラ！」

「誰がゴリラだ。ふざけんな、このもやしどもが」

大柄な矢野くんがふたりを捕獲《ほかく》した状態のまま、低くうなるようにつぶやく。

その表情は不機嫌、というよりは不愉快《ゆかい》そうなもので、いったい何があったんだろうと三人の顔を見比べた。

「こいつら、こそこそと教室のぞきこんでたんだよ」

「えっ」

矢野くんの説明を聞いて、わたしも驚く。

「買い出し行ってたんじゃやねぇのか、コラ」

「くそ～！　離せ、この馬鹿《ばか》力！」

「越智のアホ！　だから俺はやめとけって言ったんだ！」

「なんだと⁉　横山だって結局はノッたんだから同罪だろ！」

「俺のせいだっつーのか！」

「実際お前のせいだろーが！」

矢野くんに首根っこをつかまれたまま、今度はつかみ合いのケンカをはじめたふたりに頭がまっ白になる。

なぜ、このふたりがここにいるのかがわからなかった。

何かの作戦かと思ったけれど、どうも様子が違う。

ケンカも演技《えんぎ》ではなさそうで、このままだとヒートアップして、サプライズのこともうっかりしゃべってしまうんじゃないかと心配になってきた。

とにかくふたりを矢野くんから解放《かいほう》して、ここから遠ざけないと。

「あ、あの。ふたりとも、ちょっと落ち着いて……」

「沢井さんは黙っててくれ！」

「そうだ！　俺はずっとコイツに腹が立ってたんだよ！」

「はあ？　それはこっちのセリフだ！　いつもなんでも俺のせいにすんのやめろ！」

「してねぇし！　つーかいつも俺を巻き込むのはやめろ！　てめーのせいで俺がどんだけ迷惑してるか……」

「被害者《ひがいしゃ》ヅラすんのもムカつく！」

「なんだと！」

ふたりが互いに拳を振りあげかけた時、間近で見ていた矢野くんが「あーもう、うるせぇ！」と怒りを爆発させるように叫んだ。

「どっちが悪いとかどうでもいいんだよ！　それよりお前ら、なんでコソコソのぞいてやがった？」

「え……っ」

「そ、それはだな……」

ぎくりと身体をこわばらせ、顔を見合わせる越智くんと横山くん。

声には出さなくても「どうする？」「なんて言う？」というアイコンタクトの相談が聞こえてくるようだ。

どうやらこのふたりは、とくに理由がなくここにいることが、わたしにもなんとなくわかった。

「お前ら買い出し班じゃなかったのか？　買い物はどうしたんだよ」

「か、買い物は、なんていうか。終わったというか……」

「終わった？　ならなんでみんな戻ってこねぇんだよ」

「い、いや！　終わってない！　まだ途中でした！」

「途中なのになんでお前らはここにいる？」

「えっ!?　いや、それはだな……」

ふたりはもう一度顔を見合わせると、矢野くんの手がゆるんだ隙を逃さず、教室のドアに向かってダッシュした。

「おい！　ふざけんな！」

矢野くんの怒声《どせい》に振り向くことなく、ふたりは我先《われさき》にと押し合うようにして廊下に飛びだしていく。

一瞬の出来事に、わたしはぽかんと彼らを見送ることしかできなかった。

本当にふたりは何をしにきたんだろう。

「アイツら……何考えてやがる！」

ふたりを追いかけようとした矢野くんにハッとして、思わず彼の腕をつかんだ。

ここで矢野くんを行かせてしまってはいけない。

すべてが台なしになってしまう。

「ま、待って矢野くん！」

「なんだよ沢井。止めんなよ。アイツらとっ捕まえて、何企《たくら》んでんのかをはかせてやる」

これはまずい。

越智くんと横山くんを疑うところから、クラス全員を疑うことにまでなってしまったら、今までのみんなの努力が水の泡《あわ》だ。

心の中で悲鳴をあげながら、必死にどうにかしなくちゃと考える。

「た、企むなんてそんな……。き、きっととくに深い意味なんてなかったんじゃない？」

「だったら何コソコソしてたっつーんだよ」

「それは……なんとなく、気になった、とか？」

「はあ？」

「ほ、ほら！　男の子ってそういうの好きじゃない？　隠れて様子うかがったり、悪気なくイタズラしようとしたり。よく面白がってやるよなあと思って……」

実際に授業中、先生が黒板を向いているあいだにそういう悪ふざけをしているのはわりと見かける。

矢野くんも思い当たることがあるのか、少し考え「たしかにな」とうなずいた。

「まあ……栄田あたりが好きそうなことだけどな」

わたしはここぞとばかりに、たたみかける。

「でしょっ？　だから、あのふたりのことは気にしないで、作業続けようよ」

「はー……。なんかモヤモヤするけど、まあいいか」

逃げていったふたりから、矢野くんの意識が離れたのを見てひとまずほっとした。

よかった、なんとかごまかせた。

わたしにもできることはある。

自信をもて、わたし。

そう意気込んでいるあいだに、矢野くんは早くも気持ちを切り替え席に戻っていた。

矢野くんのそういうところも、とても尊敬する。

いつまでも失敗を引きずってくよくよするのも、わたしの良くないところだから。

「何ぼーっとしてんだよ。座れば？」

「あ、うん。……藤枝さんは？」

わたしの問いに、矢野くんはちらりとこちらを見た。

ほんの少し不機嫌そうに唇をゆがめて。

「あのあと、すぐ追い払った」

なんでもないようにさらっと言った矢野くんは、作業を再開する。

「追い払ったって……彼女、怒ってなかった？」

「なんで沢井がアイツのこと気にするんだよ？　また来たとしても、アイツは無視でいいから」

無茶なことを言う。

あんなに存在感のある人を無視できるのは、矢野くんくらいじゃないだろうか。

そう思いながら席につき、でも口もとがゆるむのが自分でもわかった。

藤枝さんの手伝うという申し出を、矢野くんが断ってくれたのがうれしかった。

もしかしたら三人で作業をするというシチュエーションもあるかもなと覚悟してい

たのだ。

そうなると藤枝さんに邪魔者扱いされるだろうなと、考えるだけで胃が痛かったのだけど、またこうして矢野くんとふたりで作業ができるとわかり、ほっとした。

どうしてだろう。

最初は矢野くんとふたりきりになることすら、怖ろしかったのに。

今日は矢野くんといっぱいしゃべることができたからかな。

今ではほっとしたという感情より、もっと温度が高い、ふたりでいるのがうれしいという気持ちが押し寄せてくる。

「あ……。写真、貼っててくれたんだね。ありがとう」

「見よう見まねでな。まずかったら悪いけど貼り直して」

「ううん。大丈夫。このままいくよ」

ただまっ黒な台紙が重なるだけだったアルバムに、わたしたちの写真が増えていく。にぎやかになっていくアルバム。

けれどこれが完成した時、ふたりきりのこの時間は終わるんだ。

それを想像して少し落ち込みそうになったけれど、今はまず矢野くんから本音を引き出すことを考えないと。

「そう？　アイツらよくこんなに写真撮ってるよな。栄田なんてどっか店行って食う時、絶対撮ってんだよ。インスタ映《ば》え〜とか言って。女子か」

矢野くんの言葉に、喜々《きき》としてとしてテーブルの料理を撮る栄田くんが目に浮かんだ。彼だと不思議と違和感《いわかん》がないというか、やっていそうだなと納得してしまう。

これが矢野くんがやっていたとしたら、あまりに似合わなくて二度見してしまうかもしれない。

「矢野くんは写真撮らないの？」

「撮らねぇなあ。せいぜいテスト範囲が書かれた掲示物を撮るくらいだな」

「完全にメモ代わりだね……」

ふと疑問が浮かんだ。

普段写真を撮らない矢野くんが、アルバムをもらって喜ぶだろうか。

そういえば、今の時代にアナログだ、というようなことを言っていた。

「さっき、アルバムは大きいし重いし邪魔じゃないかって、言ってたよね」

「ああ……言ったな」

「矢野くんも……アルバムもらったら、邪魔だって思う？」

「思う」

ウソでしょ……即答《そくとう》？

考える様子も迷う様子もなかった。

矢野くんらしい。

彼は大勢の意見に流され、いいかげんに同調したりはしない。

いいものはいい。悪いものは悪い。

それを自分の中に通った強い芯で判断している。

わたしの提案にみんなはいいと言ってくれたけれど、矢野くんはそうは思わないようだ。

それをプレゼントするってどうなんだろう。

ただの押しつけになるんじゃないだろうか。

今からでもやめる？　別の方法を考える？

でも、どうやって？

ぐるぐる悩み、机の上のアルバムと写真を見つめたまま硬直していると、前の席から大きなため息が聞こえてきた。

「……んな顔すんなよ」

あきれるというより、困ったような声にハッと顔を上げると、髪をくしゃくしゃとかきあげ、矢野くんはわたしを見た。

「でかいし重いし、邪魔だとは思うけど、嫌とは言ってねぇだろ」

「じゃあ……うれしい？」

おずおずとしたわたしの問いかけに、矢野くんはますます困ったように眉を下げた。

「うれしい……かは、わかんねぇけど。でもデータでもらうのも味気《あじけ》ないしな……。うん。まあ、うれしいかもしんない」

歯切れの悪いもの言いは、彼らしくないものだった。

だからきっと、落ち込んでいるように見えるわたしに気を遣ってくれたのかもしれない。

いいかげんな同調はしないけど、相手を気遣って切り捨てもしない。

そう思うと、彼の言葉が心からのものではなかったとしても、その優しさが心にしみた。

「ありがとう」

素直に出たわたしの言葉に、矢野くんは面食らったように、顔を赤らめた。

「……なんだよ。べつに気ぃ遣ってウソついたとかじゃねーよ」

「うん。矢野くん、ウソはつかないもんね」

ウソやごまかしは、彼には必要のないものだから。

そういう彼を、すごいと思う。

矢野くんは机に肘《ひじ》をつき、照れ隠しをするように顎《あご》を手に乗せぷいと横を向いた。

「もういいだろ、俺のことは。それよりさっさとやろうぜ」

そっけなく言った彼の頬が、ほんのり赤くなっている。

へえ。矢野くんでもこんな顔をすることがあるんだ。

意外だし、ちょっとかわいいかも……。

思わずクスリと笑うと、ジロリとにらみつけられた。あわてて姿勢を正し、作業を再開する。

そうだ。のんびりしている時間は彼にはないんだった。

『まあ、うれしいかもしんない』

さっきの矢野くんの言葉を、本当に実現したいと思った。

このアルバムを完成させて、彼に渡した時、彼がうれしいと思ってくれるように、心を込めて作ろう。

普段写真を撮らない彼だからこそ、思い出にこういうものをプレゼントするのはいいのかもしれない。

「最後は……そっか。学園祭なんだね」

教室の前でクラス全員で撮った写真を見て、自然と笑みが浮かぶ。

つい先月にあった学校行事だ。

たった一カ月前のことなのに、懐かしいという感覚があるから不思議だ。

「学園祭なあ……。正直、イライラしてた記憶しかねぇわ」

「あー……。矢野くん、一度クラスですごい怒ったもんね」

「だってアイツら文句ばっか一丁前《いっちょうまえ》に言うくせに、全然案は出さねぇし、まとまらねぇし。いつもどっか他人まかせで腹立ってさ。沢井もなめられっぱなしでムカついたんじゃねぇの?」

「わたしはそんな……」

そうだ。

学園祭でのクラスの展示が、LHRの時間の話し合いではちっとも決まらなくて、担任の小森先生の授業の時間やSHRの時間ももらって何度も話し合いをしたんだけど、何をやるかすら決まらなかったのだ。

このままじゃいよいよまずいとなって、ひとりひとつ絶対に案を出すことと、それをまとめて放課後多数決をとりましょうとわたしが提案すると、またあちこちから「思いつかない」「放課後は時間がない」と文句が出て、そのうしろ向きな態度に最終的に矢野くんがキレた。

『てめぇらのことをてめぇらで決めらんねーっつーなら好きにしろ! 俺はもう知らん!』

そう怒鳴《どな》ると、矢野くんはまだSHRも終わっていなかったのに、カバンを手にひとりで帰ってしまった。

それでもまだ危機感《きき》が薄く、まあなんとかなるだろうとみんな思っていたようだけれど、それ以来矢野くんは学園祭の話に一切《いっさい》関わらなくなり、クラス委員として前に立つことも、口を開くこともなくなったのだ。

みんな、それでさすがに矢野くんが本気で怒っていることに気づき「悪かったって」「ちゃんと話し合うからさ」と機嫌を直してもらおうとしたけれど、彼はかたくなに拒《こば》み続けた。

学園祭の話し合いの時間になると、腕を組み、目を閉じて、自分の席から一歩も動かなかったんだ。

わたしも相当焦ったけれど、みんなも同じように焦りはじめ、やる気のなかった人も矢野くんを気にして真剣に話し合いに参加してくれるようになった。

慣れないわたしの下手な司会進行にも文句も言わず、むしろフォローしてくれて。

矢野くんがいないぶんがんばらねばと、学園祭の実行委員の子と目まぐるしく動いていたら、ほかの誰かが足りないところに気づいて手を貸してくれた。

矢野くんがいなければ無理だと、彼が表舞台から降りた時は絶望《ぜつぼう》した。

わたしひとりじゃ絶対にクラスをまとめることなんかできない、と。

けれど気づけばバラバラだったクラスは一丸《いちがん》となり、無事に教室展示のお化け屋敷《やしき》を完成させ、学園祭当日を迎えていた。

矢野くんはクラス委員としての仕事は放棄《ほうき》したけれど、クラスメイトのひとりとしての仕事は黙々とこなしていた。

お化け屋敷のセットを作ったり、当日のお化け役を担当したり。

けれど最後まで彼は中心に戻ることはなく、学園祭を終えてしまったのだ。

クラス展示は成功したけれど、消化しようのない気まずさが残ったのは、きっとわたしだけじゃなかっただろう。

「ごめんね、矢野くん……」

「なんで沢井が謝るんだよ」

「わたしがもうちょっとしっかりしていれば、矢野くんの負担も減ってうまくいったかもしれないなと思って」

手もとにある写真はみんな笑顔で写っている。

けれどいつもなら栄田くんの隣《となり》で中心に写っているはずの矢野くんは、この時は端っこでみんなに少し遠慮するように立っていた。

なんだか彼だけが明るい輪から取り残されているように見えて、切なくなる。

「うまくいったじゃん」

「え？」

「クラス展示。なんだかんだ結局アイツらもやる気だして、うまくいっただろ？」

終わりよければすべてよし。

そう言って笑う矢野くんに、確信《かくしん》した。

「やっぱり……矢野くんが怒ったのって、わざとだったの?」

「はあ?　なんで俺がわざとそんなこと」

ちょっととぼけた様子で、何言ってんだこいつ、という目で見られたけれど、ひるまなかった。

いつもならそうだよねと引き下がるところだけれど、間違いないという妙な自信があった。

「ずっと、もしかしたらって思ってたんだ。矢野くんは、なかなかやる気を出さないみんなのことを考えて、わざとああやって怒ってくれたんじゃないかって」

「……んなわけねぇだろ」

「でも矢野くんがあの時怒ってみんなをたきつけてくれたから、学園祭は成功したんだよ。お客さんもたくさん来て、みんなもうれしそうだった。大変だったけど、やって良かったって。それって全部、矢野くんのおかげだよね」

今では、あの時のことを栄田くんたちが「矢野の乱《らん》」と言ってネタにして笑っているけれど、あれがなければきっと学園祭はグダグダなまま終わっていただろう。

この写真のように、みんなを笑顔で終わらせることはできなかったと思う。

わたしがそう言うと、矢野くんは口をへの字にしてわたしの手から写真をひったくった。

じょきじょきと思い切りハサミを入れながら、言いわけでもするようにぼそりと「べつに」とつぶやく。

「俺はべつに……誰かのためとか、そんなつもりでいたわけじゃねぇし。ただ腹立ったから言ってやっただけだ」

口調《くちょう》はそっけないけれど、表情はまるでイタズラの言いわけをする子どもみたいだ。

また新しい矢野くんの一面を知ることができて、自然と口もとがほころび、笑顔が浮かぶ。

「だとしても……ありがとう」

切れ長の目が見開かれ、さっと一瞬頬に朱色《しゅいろ》が走った。

「だから、やめろって。そういうの」

照れたように言う彼ににらまれたけれど、もうちっとも怖くなかった。

たしかに終わりよければすべてよし、と考えると学園祭はみんなにとっていい思い出になったんだろう。

けれど唯一の心残りは、矢野くんをきちんと参加させてあげられなかったこと。

クラスのために憎《にく》まれ役を買ってでてくれた矢野くんにとって、学園祭はいい思い出にはならなかったんじゃないだろうか。

本当なら、彼はクラスの中心にいて、みんなを引っぱって、学園祭を大成功に導き、笑顔で終わらせられたはずだ。

矢野くんだって、好きでみんなのまとめ役を降りたわけじゃないだろう。

わたしがあまりにも不甲斐なかったから、あえて『矢野の乱』を起こしてくれたんだ。

できれば彼にも、学園祭を心から楽しんでほしかった。

それができなかった自分の力のなさが悔しくなる。

無意識に、両手をきゅっと握りしめていた。

いつもなら黙ってしまうわたしだけど、思い切って聞いてみた。

「……ねぇ、矢野くん」

「んー」

「矢野くんは、後悔してることはない？」

あと少し。

明日まで、もう少しだけ時間がある。

彼のクラスメイトでいられる残り少ない時間でできることがあるなら、どんなことだってしたいと思った。

「……後悔？」

「後悔とか、思い残してることとか。このクラスになって、ない？　あの時ああしていれば良かった、こうしておけば良かった。もっとこんなことがしたかった……とか、そういうの」

そう問いかけながらも、なさそうだなあと苦笑いが浮かびかける。

後悔って、矢野くんから一番かけ離れた場所にある言葉みたいだ。

彼はいつだって自分に正直で、後悔なんてする必要のない生き方をしているのだから。

「なんだよ突然。もう終わりみたいに」

「何か、ない？　このクラスで良かったって思う？　思い残すことはないくらい楽しかったって」

そう思ってくれてる？

不安でいっぱいの顔をしているだろうわたしに、矢野くんはあきれたような目を向けてきた。

「いっつも誰かに仕事押しつけられて、文句ひとつ言えないで。沢井こそ、後悔とかあるんじゃねぇの？」

わたしに後悔？

考えたこともなかった。

けれど矢野くんからの最後の問いかけだと思い、真剣に考える。

けれど結局、何ひとつ見つけられなかったから笑って言った。

「ないよ。後悔なんて、何もない」

誰かに頼られるのがうれしいから。

誰かの役に立ちたいから。

誰かに喜んでもらえたら幸せだから。

なのにどうしてだろう。

目の前の矢野くんの顔がゆがんでいく。

腹立たし気……というよりは、どこか痛そうに。まるで泣き出す前の子どもみたいな表情だ。

「お前には、譲《ゆず》れないものとかねぇのかよ」

「え……」

なぜか悔しそうに響く矢野くんの声に驚いた。

譲れないものってなんだろう。

なんと答えたらいいのか考えていると、矢野くんがうつむいてしまった。

彼の心の扉が閉じていくのがわかって焦りが生まれる。

何か言わなくちゃ。何か。

「あの……」

「あー、まだいた！」

突然教室に響いた明るい声に、ビクリと肩が跳ねた。

振り返ると教室前方のドアから、ゆるく巻かれた髪を揺らして藤枝さんが顔をのぞかせていた。

手をうしろで組みながら、笑みを浮かべて中に入ってきた彼女。

その唇はやっぱりつやつやと輝き、長い髪は甘い香りをふりまいている。

矢野くんはハサミを動かしながら盛大《せいだい》なため息をついた。

「また来たのかよ。いいかげんにしろよ」

「いいじゃんべつにー。っていうか、瞬にちょっとお願いがあってぇ」

矢野くんの肩にしなだれかかるようにかがんだ藤枝さんは、一瞬わたしを見た。

彼女の「邪魔」という心の声がはっきり聞こえたけれど、席を立つ気にはなれなかった。

栄田くんの必死な声が、茅乃やクラスメイトの応援する声が、まだしっかりとわたしの心の中でこだましている。

「断る」

はっきりNOと言ってくれた矢野くんにほっとした。

でもわたしの頬がゆるんだところを藤枝さんに見られ、彼女がそれに面白くなさそうな顔をしたことに気づく。

ああ、なんだかいけないスイッチを押してしまったような。

案の定、藤枝さんはわたしに見せつけるように、矢野くんの腕に胸を押し当てるようにして抱きしめる。

「ひっどーい！　話聞くくらいしてくれてもいいでしょ！」

甘えるようにぐいぐいと引っぱる元カノに、矢野くんは仕方なさそうに手を止めた。

「うるせぇなあ。なんなんだよ」

反応を示した矢野くんに、艶《つや》めく唇が満足げに微笑む。

まつ毛を綺麗にカールさせた目がちらりとこちらを見た。

写真を握りしめながら、感じるのは敗北《はいぼく》感。

「んふ。あのね、数学の問題でわかんないのがあるの。瞬、数学得意じゃん？　教えてくれない？」

「はあ？　めんどい。職員室行って数学の矢作《やはぎ》にでも聞いてくればいいだろ」

「それがさぁ、今職員会議中なんだって。ねぇ、ちょっとだけいいでしょ？　お願すぐに終わるからとせがまれて、矢野くんは時計をちらりと見てから頭をかいた。

「……ったく、しょうがねぇな」

エッと、思わず矢野くんの顔をまじまじと見た。

今の「しょうがねぇな」はもしかして、ＯＫという意味だろうか。

言葉を失うくらいショックを受けている自分に驚いた。

そうだよね……綺麗でかわいい元カノに頼られて、断るほうがおかしいよね。

どうしてわたしは、矢野くんはきっと断ってくれると思い込んでいたんだろう。

「いいの？　やった！　瞬、やっさしー！」

「調子乗んな！　言っとくけど、これが最後だからな。教えたら、もういちいち邪魔しにくんじゃねぇぞ」

「はいはい、わかってるって。じゃ、あたしの教室行こ！」

「って、俺が行くのかよ……」

相変わらずテンポの良い会話に、みるみるふくらむ疎外感。

机の下でスカートの裾《すそ》をにぎりしめ、唇を噛んだ。

ダメだ、落ち込むな。笑え。

何があっても笑顔を絶やさないと決めたんだから。

「……悪い、沢井。ちょっと抜ける。すぐ戻るから」

「ごめんねぇ、千奈ちゃん」

ふたりに声をかけられ、うつむけていた顔を上げる。

「ううん。作業はひとりでもできるし、急がなくて大丈夫だよ」

よし、言えた。

ちゃんと笑って言えた。

笑顔が不自然になっていないといいんだけど。

そんなわたしの顔をもの問いたげにじっと見たあと、矢野くんはため息をひとつつ
いて立ち上がった。

ほんの少し心配そうな視線を寄こしながらも、藤枝さんの背を押して歩きだす。

「おら、さっさと行くぞ」

「あん。待ってよー」

さっさと廊下へ向かう矢野くんを、藤枝さんが小走りで追いかける。

甘い匂いが離れていく。

「つーかなんだよ、千奈ちゃんて。お前、沢井と仲良かったわけじゃねぇだろ」

「えー？　ちょっとねぇ。それよりさあ、英語もわかんないとこあるんだけどー」

「はあ？　ざけんな。見てやんのは数学だけ」

「ケチー。でも瞬は優しいから、なんだかんだ言っても最後には教えてくれるでしょ?」

「甘ったれんな。うぜぇ」

ひどーい、と笑いながら、藤枝さんが顔だけこちらを振り返る。

ひらひらと機嫌よさそうに手を振って、彼女は矢野くんの腕に抱きつくようにして廊下の向こうに消えていった。

苦いものが口の中いっぱいに広がっていく。

ぽつんとひとり残されて、目の前の椅子と机だけの空間をぼんやりと眺めた。

いつもクラスメイトが騒いでいるにぎやかな教室が、妙に広く感じられて寂しくなる。

掛け時計の針はとっくに五時を通り過ぎ、そろそろ六時に差しかかろうとしていた。

もうすぐ下校時刻だ。

運動部以外の生徒は帰宅しなくちゃいけない。

「転校のこと、結局、ちっとも聞きだせなかったなあ……」

矢野くんを怖いと感じることがなくなって、ようやくこれからというところだった。

もう少し時間があれば、もっとまともに会話ができて、転校についての話のとっかかりも見つけられるかもしれなかった。

もう少し時間があれば、矢野くんの心の扉を開いて、中に入ることや、中から出てきてもらうこともできたかもしれなかった。

けれどもうタイムアップだ。

矢野くんは今日用事があるようだった。

きっとこれから家に帰って、引っ越しの準備を急いで進めるんだろう。

結局彼にはムダな時間を過ごさせてしまった。

視聴覚室で待ってくれているみんなにも、役に立てなくて申し訳ない気持ちがあふれてくる。

ふたつ並んだ机の上の、作りかけのアルバムを見て涙がこぼれそうになる。

せめて、このアルバムを完成させよう。

せめて、矢野くんへのみんなの感謝の気持ちを伝えよう。

せめて、同じ学級委員として、彼にたくさんお世話になったお礼を伝えよう。

せめて……。

矢野くんを中心に、各ページいっぱいに貼られたクラス写真。

わたしも小さく控えめにその中に入れてもらっている。

笑顔であふれたアルバムを見返した時、矢野くんはこのクラスを思い出し、懐かしく、そして少しは惜《お》しいと感じてくれるだろうか。

このクラスで良かったな、と。

もっとこのクラスにいたかったな、と。

そう、微笑みを浮かべてくれるだろうか。

残り少なくなった写真を貼り終え、フキダシのフセンやマスキングテープも準備がすんだ。

大きなペンケースからペンを取り出し、キュポッとフタを取る。

さあ、最後の仕上げだ。

作戦放棄

『初のクラス行事・野外学習』

『矢野班の炊事《すいじ》メニューはシーフードカレー』

『飯ごうで炊いたお米。ピンと立って綺麗』

『シーフードもおいしかった』

『矢野くんオススメの角切り豚のカレーも食べてみたかったな』

四角いフセンに豚とカレーの絵を描く。

遊び心で、写真の栄田くんに豚の鼻と耳をつけてみたら、思いのほか似合っていて、ひとりでくすりと笑った。

『盛り上がった体育祭』

『鉄腕《てつわん》と騒がれ、矢野くん大活躍』

『リレーは惜しくも二位！』

『でもアンカーは、まるで風みたいに速くてかっこよかった』

ボールを顔面で受けた栄田くんに、涙の絵をつけ足す。

そしてフセンには、写真にはないアンカーの矢野くんの背中を描いた。

風を切り裂くというよりも、風になって走る彼をうまく表現できた気がする。

美術部に入っていて良かったと、素直に思えた。

『なんとか団結した学園祭』

『功労者《こうろう》は我らがクラス委員、矢野くん』

『矢野くんがいなければきっと成功しなかった』

『全部矢野くんのおかげ』

『本当にありがとう』

ページいっぱいに写真が貼られ、フセンやマステで飾られたアルバムができあがった。

机の上のそれをじっと見つめ、アルバムの最後のまっ黒な見返しの部分に指をすべらせる。

これで終わり。

終わってしまった。

アルバムが完成したら、矢野くんは家に帰って引っ越しの準備をして、明日でさよなら。

サプライズパーティーではみんなに囲まれ、きっとわたしは話をするチャンスさえないだろう。

これで終わり。

終わりにして、いいんだろうか。

結局何もできず、さようならでいいんだろうか。

そんな思いがわきあがってくる。

このまま何も伝えられないままで……。

さっきまで矢野くんが座っていた向かいの席を見る。

空っぽの席。

明日で矢野くんが転校したら、彼の姿はこの教室から消えてしまう。

ぽっかりと、教室にもわたしの心にも、空白ができてしまう。

想像するだけでたまらなくなって、いてもたってもいられず、カバンからいつも使っているルーズリーフのノートを取りだした。

教科ごとにラベル分けしてあるそれをぺらぺらとめくると、ページのあちこちに人物画のデッサンがあった。

教科書の陰に隠れて居眠《いねむ》りしている姿。

机の下でこっそりとスマホをいじっている姿。

前の席の男子と笑って話している姿。

真面目にノートをとっている姿。

椅子に座ったまま伸びをしている姿。

それはすべて、授業中の矢野くんを自分の席から見て描いたものだ。

授業に飽きたり、集中力が切れて授業に身が入らなくなると、いつも隠れて彼をデッサンしていた。

描くたびに淡い恋心は色を重ねて、今では隠しきれないほどになっている。

もう授業中の彼の横顔を描くことができなくなってしまうのか。

わたしたちの教室から矢野くんが消える。

そして、どこか知らない場所のほかの学校の、どこかの教室に矢野くんが加わる。

わたしじゃない誰かが、矢野くんの横顔を見る毎日になる。

仕方ないと頭ではわかっているのに、心はまるで受け入れられない。

寂しいし悔しいし、とても悲しい。

こんなに好きなのに、彼がいなくなる。

わたしの気持ちなんて知らないまま、いなくなってしまう。

「……そんなの、嫌だ」

ぎゅっと眉間《みけん》にしわを寄せ、つぶやいた自分の声。

それは間違いなくわたしの本音で、その声がわたし自身の背中を押した。

決意を胸に今日の午前中の授業で描いた、一番新しい矢野くんのデッサンをハサミで切り取る。

わたしにとって見慣れた、黒板を見つめる彼の横顔。

鼻筋から唇、顎へのラインが綺麗で、何度も描いてどんどん好きになっていった。

矢野くんが怖かった。

でも彼自身が怖かったわけじゃない。

彼に、矢野くんに嫌われることにおびえていた。

口調はいつも乱暴だし目つきも鋭いけれど、本当は思いやりのある優しい人だってことを、わたしは知っている。

「……よし」

ペンを置き、アルバムの重たい表紙をパタリと閉じる。

時計の針は六時に差しかかろうとしている。

ペンやマスキングテープを片づけて、スマホを取り出しアプリを開く。

なんとメッセージを送ろうか。

悩みながら文字を打ち込んでは消し、結局八文字だけが残った。

【矢野に言わせ隊】（37）　≡∨

（みんな、ごめんね）∨千奈

矢野くんから言葉を引き出せなくてごめんなさい。

サプライズを台なしにしてしまってごめんなさい。

勝手なことをして、ごめんなさい。

そんな思いを込めた八文字だった。

アルバムを抱え、静かな教室をあとにした。

腕にかかるアルバムの重みが、いっそうわたしを切なくさせる。

誰もいない廊下にわたしの足音だけが響いて、目的の教室からかすかに笑い声が聞こえてきた。

きっと藤枝さんだ。

ふたりが並んで笑っている姿を想像すると、胸がぎゅうっとしめつけられるように痛む。

藤枝さんのクラスの前まで来て、ひとつ深呼吸してからそっと中をのぞいた。

ふたりは窓際の席にいた。

向かい合うようにして問題集か何かを広げている。

わたしの想像とは少し違って、藤枝さんは笑顔だったけど矢野くんは眉間にしわを寄せ不機嫌そうに彼女に文句を言っていた。

藤枝さんの友だちは気をきかせたのかいなくなっていて、教室にはふたりだけ。

これで最後。

これで最後。

なけなしの勇気をふりしぼる呪文《じゅもん》を頭の中で唱《とな》え、一歩を踏みだす。

「だーかーらー！　何度同じ説明させりゃ気がすむんだよ！　この式はこっちの公式を使うっつってんだろ！」

「だってぇ。瞬の説明、雑《ざつ》すぎるんだもーん。もっと優しく丁寧《ていねい》に教えてくんないとぉ」

うるうるの唇をとがらせた藤枝さんが、先にわたしに気づいた。

整った眉をきゅっと寄せて、挑むような目でこちらをにらんでくる。

彼女の視線に気づいて、矢野くんも顔をこっちに向けた。

「あ、沢井」

「ごめんね、ふたりとも。邪魔しちゃって」

謝りながらふたりのもとに向かうと、矢野くんは長い脚を組みかえ、ため息をつく。

「いや、全然。つーかこっちこそ時間かかって悪い。藤枝が飲みこみ悪すぎて」

「瞬ひっどーい。あたし頭はいいほうだもん」

「じゃあなんでこんな時間かかるんだよ」

「だから瞬の教え方に愛がないから～」

「んなもんあってたまるかっ」

また息の合ったかけ合いをはじめるふたり。

ズキズキと痛む胸に黙ってフタをして、わたしは持ってきたアルバムを矢野くんに差しだした。

「矢野くん。これ」

「え。もしかしてもう完成したのか？」

「うん」

矢野くんは頭を抱えるようにしてうなだれた。

「うわー、マジでごめん。俺なんにもしてねぇじゃん」

「瞬ってば役立たず～」

すかさず藤枝さんがツッコミを入れる。

「うぜぇ！　つーかお前のせいだろうが！」

「はあ？　人のせいにするなんて、サイテー」

「実際そうだろ！　お前が邪魔すっから俺は……」

「矢野くん」

もうこれ以上、ふたりの仲の良さを見せつけられるのがつらくて、無理やり会話に割りこんだ。

ぐいと彼にアルバムを押しつけるようにすれば、反射的に受け取ってくれる。

アルバムの重みが消え、軽くなった手を背中に隠した。

「これは、矢野くんに」

「俺にって、俺が管理しろってこと？　教室に置いておけばよくね？　持って帰って、明日また持ってくるとかめんどいし」

「明日持ってくる必要はないよ」

「は？　なんで……」

「これは、矢野くんにあげるアルバムだから」

「俺？　いや、小森の誕プレだろ？」

いぶかしげに眉を寄せる矢野くんの横で、藤枝さんも不思議そうな顔をしている。

黙ってくれていることに感謝しながら、わたしは「それ、ウソなんだ」と言った。

「小森先生の誕生日サプライズっていうのは、ウソなの」

「え……いや、なんで？　意味わかんねぇんだけど」

「最初からそれは、矢野くんにあげるためにみんなで考えて用意したんだよ」

「俺にって……」

　わけがわからない、という顔をする矢野くん。

　やっぱりこうなっても矢野くんは転校のことを話してくれないんだなあ。

　寂しいけれど仕方ない。

　わたしはそこまで、矢野くんの心の扉の向こうまで踏み込めなかった。

「同じクラス委員が、矢野くんでよかった」

「沢井」

「わたし、帰るね。もう下校時刻すぎたし。矢野くんも早く帰ったほうがいいよ。何か用事があったんでしょう？」

「おい、待てって」

「……今までありがとう」

「沢井！」

　矢野くんの怒った声を背に、逃げるように教室をあとにした。

　これでいい。

あとはアルバムの中身を矢野くんが確認してくれれば、それで。

わたしの気持ちは全部あのアルバムに残してきた。

尊敬の念も、感謝の気持ちも。

そしてずっと秘《ひ》めてきた淡い恋心も。

結局、言わせ隊のミッションは達成できなかったけど、せめて自分の想いだけは伝えられてよかった。

カバンの持ち手をぎゅっと握り直し、階段を下りようとした時、上から駆け下りてくる足音が響いてきた。

「いた！　千奈！」

「沢井さんどこ行くの⁉」

「茅乃。栄田くん……」

あわてた様子で下りてきたふたりに、わたしは気まずい思いであとずさりした。

でも、そうだよね。

スマホでメッセージひとつ送って逃げようとするのはずるいよね。

「ちょっと千奈！　さっきの何⁉」

「みんなごめんって、何があったの⁉　また矢野になんか言われた⁉」

茅乃と栄田くんが同時に声をあげた。

「ううん。そうじゃない。そうじゃなくて……」

どう説明しようか迷いながら、ふたりにしっかりと頭を下げた。

「えっ!? さ、沢井さん？」

栄田くんがうろたえる。

「ごめんなさい。やっぱり……うまくいかなかった」

泣きたいのをごまかすようにわたしが笑えば、下手な作り笑いだったのか、茅乃と栄口くんは眉を寄せ顔を見合わせた。

「うまくいかなかったからって、千奈が謝ることじゃないから。誰も千奈が簡単にやってのけるなんて思ってないよ」

「そうそう。なんたって相手はあの矢野だし。ダメもとってやつだったんだからさ」

「……ありがとう。でも、勝手なこともしちゃったの。明日サプライズで渡す予定のアルバム、今矢野くんに渡してきちゃって」

「それはべつにかまわないと思うけど……」

「明日のサプライズのことを矢野に話したってこと？」

「ううん。それは言ってない。ただ、アルバムは最初から矢野くんに渡すつもりだったってことは伝えた。それできっと、意味はわかってくれるよね……」

頭のいい矢野くんのことだから、クラスメイトが自分の転校について知ったことに気づいただろう。

サプライズはサプライズではなくなってしまった。

「ごめん、勝手に。でも、どうしても伝えなくちゃって気持ちが抑えきれなくて」

申し訳ない気持ちで唇を噛むわたしを見て、茅乃が腕を組みながら笑った。

「いいじゃん」

「……え？」

「作戦に入る前の千奈と今の千奈、全然ちがうよ。なんだかすごく強くなったみたい」

「うんうん。沢井さん、矢野が怖くなくなった？」

「なんで……」

作戦は失敗してしまったのに、ふたりは優しく、どこかうれしそうに微笑んでいる。

どうしてこんなにわたしを気遣ってくれるんだろう。

わたし、なんの役にも立てなかったのに。

こんなに優しいクラスメイトたちの役に立てなかったことが悔しい。

もう少し早く勇気が出せていたら、何かが違ったかもしれないのに。

「ほんとにごめん！」

「えっ」

「千奈、待って！」

ふたりを振り切って階段を駆け下りた。

我慢していた涙があふれだす。

濡《ぬ》れた頬をぬぐう余裕もなく、生徒玄関で急いで靴《くつ》に履《は》きかえ、外に出た。

冷たい風が吹きつけて、涙の跡《あと》がひやりと冷えて乾いていく。

気持ちを伝えられたというより、一方的に押しつけただけだけど、もともと口にするつもりはなかった片想いだった。

それを本人に届けられただけ良かった。

良かったんだ。

わたしはがんばった。

そう思いたいのに、立ち止まり見上げた晴天《せいてん》とは違い、心は雨に濡れているよう。

どうしたって割り切れない。

これで終わりだと、失恋を受け入れることができない。

明日でお別れという事実が、胸をまっぷたつに切り裂こうとする。

すっかり日の落ちた冬の空が、またじわりとにじんでくる。

鼻をすんと鳴らし、再び歩きだそうとした時、うしろから駆けてくる足音が聞こえた。

「沢井！」

「え……や、矢野くん？」

玄関から走ってきたのは、重いアルバムを片腕に抱えた矢野くんだった。

すぐに考えたのは、アルバムの中身を見たのか、見ていないのかということ。

どうしよう、怒ってる？

いきなり意味不明なことを言って、アルバムを押しつけたことを怒られる？

思わず走って逃げだしそうになったわたしの腕を、矢野くんの空いた左手がつかんだ。

「待て待て！　行くな！」

「ご、ごめんなさいっ」

「怒ってないから！　謝らなくていい！　とにかく行くな！」

どう見ても聞いても、怒っているような顔と声で言われ、わたしは涙目で彼に向き直るしかない。

わたしが逃げないとわかったのか、矢野くんは前かがみになり大きく息をはきだした。

「ったく……いきなり押しつけて帰る奴がいるか」

「あの……」

「つーか、これ！　どういうことだよ!?」

「ひえっ」

アルバムを見せられ、身体が硬直する。

どういうことって、どういうことだろう？

矢野くんは中身を見たんだろうか。

最後まで、写真と、絵と、そしてわたしの気持ちを綴《つづ》ったフセンを――。

「これ！　ずっと好きでしたって！」

み、見てた……！

その瞬間、顔が沸騰《ふっとう》したように熱くなり、身体は無意識に逃げだそうとした。

けれどがっちりとわたしの腕をつかむ手がそれを許さない。

再びこみあげてくる涙で鼻がつんとなる。

もう恥ずかしさといたたまれなさが許容範囲《きょようはんい》を超えて、パニックになっていた。

思わずまた口から「ごめんなさい」がこぼれそうになった時、矢野くんはわたしから手を離し、アルバムの最後のページを開いて見せた。

「ここ！　好きでしたって、でしたってなんだよ？」

ピンポイントでその部分を指差して問い詰めてきた。

「……え？」

「でしたって過去形だろ？　つまりもう好きじゃねぇってこと？」

「あ、あの……？」

アルバムの終わりのページに貼った、授業中の矢野くんを盗み見て描いたデッサン。そこに貼りつけた薄いピンクのマステには、たしかにわたしの文字で、

【本当は、ずっと好きでした】

と書いてある。

自分の告白を、あらためて告白した相手から見せつけられ、言葉が出てこない。なのに矢野くんはわたしの恥ずかしさやとまどいなんて気づかない様子で、「どうなんだ？」と返事を急《せ》かしてくる。

とうとう瞳の表面にたまっていた涙が、音もなく頬をつたっていった。

「好き……です」

乾いた喉からしぼり出した声は、情けなく震えていた。

「過去じゃなくて、今も、明日も……。矢野くんが、好きです」

言葉にしたのは、遠慮とか相手の気持ちなんて何も考えない、磨《みが》かれる前の原石《げんせき》だった。

わたしの想いそのままの。

ぽろりとこぼれ落ちたそれに、自分自身で驚いた。

「好き、なんです……」

まるで涙のように次から次へと、矢野くんへの想いがこぼれてくる。

それを止めるためにぎゅっと目を閉じ手で口をふさげば、矢野くんがまた息をはく。

そこには今度はあきれや疲れではない、安堵《あんど》のようなものがにじんでいた。

「あー良かった」

「え……」

「俺も」

矢野くんの頬がかすかに赤らんでいることに、その時ようやく気がついた。

そしてどこか照れくさそうにしながら、目を細めて笑う矢野くんに心臓が大きく跳ねる。

「俺も……ずっと前から、沢井のことが好きだった」

やっと言えた、とうれしそうにつぶやいた彼。

初めて向けられた角もトゲもない澄みきった笑顔を直視して、何かの糸が切れたように膝《ひざ》がかくんと折れた。

「うわっ！　沢井⁉」

あわてて矢野くんが支えてくれたけど、そのまま地面にへなへなと座りこんでしまう。

視界いっぱいに、小さな星がチカチカと光り舞っている。

いったい何が起こったんだろう。

今矢野くんは、何を言ったんだろう。

突然神様からの祝福《しゅくふく》が空から降ってきたような、そんな心地に一度目をつむる。

落ち着け。

息を吸って、はいて。

どくどくと、いつもよりだいぶ速い胸の鼓動を聞きながら、もう大丈夫かなとまぶたを開けば、目の前に膝をついた矢野くんの顔があって息を飲んだ。

「沢井？　大丈夫か？」

「だ……だい、じょうぶ」

「……もしかして、ビックリした？」

「ビックリした……」

「はは。俺も」

立てるか？と差しだされた手を恐る恐る取る。

壊れ物でも扱うかのように優しく支えられ、これは現実ではないような、夢を見ているような心地で矢野くんを見つめる。

夢を見ているような、じゃなく、本当に夢なんじゃないだろうか。

だって、矢野くんにはずっと嫌われているはずだった。

いつもイライラさせて、あきれさせて、ため息ばかりつかせていたんだから。

だからこんなふうに、矢野くんがわたしに優しく微笑んでくれるなんて、あるわけない。

「もう逃げないか?」

「う、うん……」

「じゃ、悪いけど教室まで付き合ってくんね? 俺、カバン持ってきてない」

たしかに矢野くんはアルバムしか手に持っていないし、おまけに靴は上履きのままだ。相当あわてて追いかけてきてくれたんだなと、くすぐったい気持ちになる。

立ちあがって、てっきり離されると思った彼の手は、そのまま腕からするりと下がり、少し迷うような素振《そぶ》りを見せたあと、再びわたしの手を取った。

「あ、あの。もう逃げないよ……?」

「わかってる。これは……まあ、なんだ。なんつーか、俺がしたかっただけ」

早口でそんなことを言われ、自分が顔から耳までまっ赤になったのがわかった。

つまりこれは、矢野くんと手をつないで歩いているということ。

どうして?

どうしてわたし、矢野くんと手をつないでるの?

夢だから？

夢ならを手つないでも許されると思ってるなんて、わたし図々《ずうずう》しいよね？

「や、矢野くん。ごめん、手……」

「え。……嫌なの？」

「とんでもない！　で、でもどうして」

「どうしてって、付き合うことになったんだから、手ぐらいつないでもいいだろ？」

「つ、付き合う⁉」

ビックリして大きな声を出してしまったわたしに、矢野くんもビックリしたように目を見開いた。

「いや、付き合わねーの⁉　俺のこと好きって言ったじゃん！」

まさか俺の勘《かん》違いだった？　と眉を寄せる矢野くんに、あわてて首をぶんぶんと横に振る。

「わ、わたしが矢野くんのこと好きなのは間違いないけど。その……だって、矢野くんは」

「俺も沢井が好きだって言ったよな」

「そ、それが信じられなくて……。だって矢野くん、わたしのことが嫌いだったんじゃ……」

同じクラスになり、同じクラス委員になってから、何度も何度も矢野くんにはため息をつかれてきた。

厳しいことも言われ、冷たい目を向けられたことも数えきれない。

好かれていたとはこれっぽっちも思えなかった。

「あー、違う。それは違う。嫌いだったわけじゃない。それはほんと」

「でも……」

「つーか、たぶん、俺のほうが好きになったの先だし」

矢野くんの仰天《ぎょうてん》発言に、わたしはこぼれ落ちそうになるくらい目を見開いた。

ちょっと待って。

俺のほうが先って、わたしがいつから矢野くんを好きになったのか知っているってこと？

だとしたら、どうしてバレてしまったんだろう。

秘密にしていたはずの恋心が、相手にとっくに知られていたと思うと、恥ずかしくてまた逃げてしまいたくなった。

「あのさ。さっきは言わなかったけど……あるんだよ、俺にも」

「あるって、何が？」

「後悔。ひとつだけある」

そういえば、さっき教室で矢野くんに聞いたんだっけ。

後悔はないのかって。

でもどうして今その話になるのかわからず、首をかしげる。

続きを待って黙っていると、矢野くんがアルバムを抱え直し、言いにくそうに口を開いた。

「俺の後悔は……好きな奴に、優しくできなかったこと」

「え……」

その好きな奴というのは、藤枝さんのこと？

それとも……わたし？

話の流れ的にはわたしのような気がするけれど、やっぱり好かれていた実感がないのでピンとこなかった。

「実は俺、中学の時、沢井の絵を見たことがあるんだ」

「え？　中学の時……？」

「市のコンクールで賞とっただろ。あの時、展示されてるの見にいったんだ。小学校からのダチがまぐれで市長賞とったから、からかいにいってやろうぜって、同じ小学校出身の仲間で」

「そ、そうだったんだ。なんだか、照れくさいね」

たしかに中学二年生の時、美術部の活動で描いた作品で賞をもらった。審査員特別賞ということで、賞状をもらい、商業施設の一角で開かれた展覧会《てんらんかい》にも飾ってもらった。

あとにも先にも、あんなに大きな賞をもらえたのはあの作品だけだ。

「でも、よくわたしのだってわかったね？」

矢野くんは目を細め、過去の景色を見ているような表情でうなずいた。

「すげぇ印象に残ってたから」

「え……印象？」

そんなに印象に残るような絵だっただろうか。

どちらかというと、わたしの絵は地味と言われる。

同じ展覧会で一番目立つ場所に飾られていた、大賞をとった虹色の雨のような抽《ちゅう》象画《しょうが》のほうが、断然《だんぜん》印象的だったはずだ。

それなのに、矢野くんはわたしの絵を思い出しているのか、まぶしいものを見るように「いい絵だった」と言う。

「あの時の大賞の絵がどんなのだったかはさっぱり思い出せないのに、沢井のあの絵は今でも鮮明に覚えてる。『僕らの放課後』だよな」

わたしは息を飲んだ。

「タイトルまで……どうして?」

中学の時はお互い面識《めんしき》もなかったのに、まさかわたしの描いた絵のタイトルまで覚えているなんて。

まじまじと矢野くんを見ると、彼は照れくささをごまかすように肩をすくめる。

「理想だと思ったから」

「理想って、なんの?」

「俺の。理想の放課後だなって。あの絵はさ、廊下側から見た教室が描かれてたじゃん。教室に残ってバカ笑いしてる奴らとか、内緒話してる奴らとか。それから窓の向こうにはいい顔で小突きあってる運動部の奴らもいて、その全員が言いたいことを言い合って、無理なんかひとつもしてない自然体で、すげぇいいと思ったんだよ。俺もこの教室にいたいって思った」

言いたいことを言う自然体。

それはまさに矢野くんのことを言うんじゃないだろうか。

自分の意見ひとつ言うのに、いつも緊張して不自然な言動をしてしまうわたしとは真逆。

常に自然体。

そんな矢野くんがわたしの絵の中にいたい、と言うのはとても不思議な感じがした。

矢野くんが続ける。

「俺さ、あの頃部活の先輩とも後輩ともうまくいかなくて、面白くなくなってやめたばっかりだったんだよな。自分のことを一番わかってやれるのは自分しかいない。だから自分で言いたいことを言わないと伝わらない。本当に他人を理解することなんてできないんだから、みんなそれぞれ自分に正直に生きないとバカだろ」

そういえば、作業をしながらそんな話をしたっけ。

中学の時、部活の人間関係がわずらわしくて、サッカーをやめたんだと。

「そうやって、個人主義みたいなひとりよがりを口にしながら、結局人の中で生きたいんだって、あの絵を見て気づかされた。自分がすげぇ恥ずかしくなったんだ」

驚いた。

自分の描いた絵が、知らないところで、まったく知らない人にそんな影響《えいきょう》を与えていたなんて。

こうやって直接聞かされても、ちょっと信じられない思いでいる。

「この俺をこんな恥ずかしい気持ちにさせた作者はどんな奴だろうって、気になってた。それで高校でクラスが一緒になってみれば、その作者であるお前が言いたいことひとつも言えないで、周りにいいようにこき使われてて、勝手にがっかりしたんだよな」

「ご、ごめんなさい……」

そうか。矢野くんが想像していたのはきっと、矢野くんのように言いたいことを遠慮なく言える、藤枝さんのような女の子だったんだろう。

それはがっかりして当然だ。

矢野くんはあの絵を理想の放課後と言ったけど、それはわたしにとっても同じだった。

わたしも当時、こんな放課後を過ごしたい、と思い浮かべて描いたのだから。

でもわたしの場合それは夢に近いもので、実現できるとは思っていなかった。

なんだか申し訳ない気持ちになって謝ると「沢井が悪いとかじゃない」とおかしそうに言われた。

「勝手に想像したイメージを押しつけて勝手にがっかりして、腹が立って、ひどいこと言った。悪いのは俺」

「そんな……」

「本当にごめん。悪かった」

沈んだ顔で言われてとても困った。

わたしには矢野くんに謝られるようなことをされた自覚がないんだから。

たしかにわたしは、言いたいことも満足に言えずにいるダメな奴だ。

それは間違いない。

でも、いいように使われているとか、それが嫌なのに言えないとか、そんなふうには思っていなかった。

生徒玄関で靴を履き替えながら決意する。

矢野くんに誤解されているなら、きちんと話してわかってもらおう。

きっとわかってもらえると、矢野くんを信じて。

「あの……さっき矢野くん、聞いたよね。譲れないものはないのかって」

「ああ」

「わたしにも、ひとつだけあるよ。譲れないもの」

靴を履くために離れた手が、またつながれる。

握った手にきゅっと力がこめられ、なんだか「しっかり聞くよ」と言われているみたいでうれしかった。

「うち、両親が離婚してるんだけどね。わたしが小学生の時、離婚でもめてた両親が話し合いをするあいだ、わたし親戚の家にあずけられたの。田舎で、友だちもいなくて、ひとりぼっちで、どこにも居場所がなかった」

その時のことを思い起こす。祖母と伯父一家が住む家だった。

近所にはほかの親戚も住んでいて、みんな農家でお年寄りも子どもも家の仕事をしていた。

何もわからないわたしはお荷物のようで、広く雑然とした家の中で、いつもぽつんと留守番をしていた。

本当にひとりぼっちだと、何度泣いたことだろう。

「だから、自分の居場所を探してお手伝いをしたの。食事の片づけをしたり、小さい子の面倒をみたり。それで誰かにありがとうって言われると、ほっとした。自分の存在は迷惑じゃないって、安心できた」

いい子だね、しっかりしてるねと言われたけれど、そうじゃない。

ただただ、わたしはひとりぼっちが嫌だっただけだ。

それでもうれしかった。

あまりなじみのない親戚のおじさんやおばさんが、笑顔でほめてくれるのが。

手伝いを頼まれるのが、それにお礼を言われるのが、とてもとてもうれしかったんだ。

「両親が離婚して、お母さんとふたりになって、やっぱりお荷物にはなりたくなかったから、お母さんにありがとうって笑ってもらえるようなことしてた。今もそう。もう身についた癖みたいなもので、学校でもどこでもそうしちゃう」

矢野くんは、困ったような顔をして口を開いた。

「そんなこと無理にしなくても、沢井の居場所はあるだろ。自分を犠牲《ぎせい》にしてまで守りたいか?」

「犠牲だなんて思ってないよ。まあ……自分に自信がないのもあるのかもしれないけど」

「お前の親だって、吉岡だって、お前のこと大事にしてんじゃねぇの。ほかにも……たくさんいるだろ。絶対」

「そうかもね。だからいいの」

「だからって?」

「わたしの大切な人たちが笑ってくれるから、いいの。笑ってくれるのがうれしいの」

「沢井……」

驚いたような矢野くんの視線に、わたしは肩をすくめて笑う。

「矢野くんにはわたしが面倒なことをいつも押しつけられてるように見えるかもしれないけど、そこはそんなに重要じゃなくて。わたしにとって大事なのは、わたしが役に立つことで、誰かが笑顔になってくれることだから」

野外学習の時も、買い出しのことでたくさん感謝してもらえた。

体育祭の時は応援旗は未完で終わったのに、みんなすごいと盛り上がってくれた。

文化祭の時はみんなに支えられながら、千奈がいてくれて良かったと言ってもらえた。

自信はない。でも断れない。

もちろん、仕方なく引き受けることは多いけれど、嫌だと思ったことはなかった。

こんなわたしを頼ってくれたんだから、少しでも役に立てるようにしたいと、いつもそう思っている。

今日のこのサプライズだって、無理だ、無謀《むぼう》だとは思ったけれど、終わった時にみんなが笑顔になってくれることを願ってやっていた。

その〝みんな〟の中には、もちろん矢野くんも含まれている。

「人ってひとりじゃ生きられない。だから誰かのために生きたいんだと思う」

「自分のためじゃなく？」

「それが自分のためになる……のかな？」

「なんだよそれ……」

矢野くんは一瞬、泣きそうな顔をして唇を噛んだ。

わたしはわたしの考えをまっすぐ口にできて満足したけど、矢野くんはどう思っただろう。

やっぱりおかしいと、あきれただろうか。

それならそれで仕方ないけれど、できればもう矢野くんのため息は聞きたくないなあ。

そんなことを隣で思っていると、また握った手に力が込められた。

「俺……バカみたいだ」

「えっ。ど、どうして？」

「クラス委員が決まった時から、ついきついこと言っちゃってずっと後悔してるのに、後悔するばっかで全然うまくいかなかった。好きだからこそ、お前が我慢してるのが許せなかった」

好きだからこそ。

そんなふうに言われ、うれしくならないわけがない。

矢野くんは後悔してる、ごめんと言うけれど、謝罪なんていらないと思う。

だってわたし、今感動で胸がいっぱいだもの。

「でも、我慢してやってるとか、嫌々やっているんだろうとか、勘違いだったんだな。俺の価値観《かちかん》を押しつけてただけだった。お前は俺より、ずっとすごい奴だよ」

「わ、わたしが……？」

ぎょっとするわたしに向き直って、笑って矢野くんはしっかりとうなずいた。

「好きだ」

誠実《せいじつ》さのにじむ真摯《しんし》な口調で、丁寧に言葉を差しだすように、そう言葉にした矢野くん。

「沢井のことが、好きだ」

カラフルな包装紙《ほうそうし》でラッピングされ、綺麗にリボンを結ばれたようなその告白を、受け取るのにためらってしまう。

わたしなんかでいいんだろうか、と。

けれど矢野くんが「俺、こんなかっこ悪い奴だけど……」なんて言うものだから、そんなためらいは消し飛んだ。

「や、矢野くんはかっこ悪くなんてないよ！」

「沢井……」

「だってわたし、ずっと矢野くんに憧れてたんだから！」

拳を握って力説するわたしに、矢野くんはなんだか困ったような顔をする。

「だから、なんで俺に憧れるんだよ」

「だって、言いたいことを言ってみんなに頼られて必要とされてるって、すごいことじゃない？　かっこいいよね？」

「お前は俺を買いかぶりすぎだな……。でもまあ、そう言ってもらえて悪くない気分」

頬をかすかに染めながら笑った彼にハッとする。

今わたし、すごく恥ずかしいことを言ったんじゃないだろうか。

でも、まあいいか。

もう好きという気持ちは伝えたんだから。

ずっと秘密にしていた片想い。

これからはもう隠す必要はないのだ。だから思い切って尋《たず》ねてみた。

「あ。そうだ。あの……矢野くんて、もしかしてわたしの気持ち、気づいてたの?」

「あー……うん。まあ。そうなのかな?って感じで」

「そ、そっか。わたしそんなにわかりやすかったんだね……」

「いや。そういうわけじゃなくて……前に見ちゃったから」

見ちゃった? 何を?

問いかけるようにわたしが首をかしげると、矢野くんは非常に言いにくそうに、
ゆっくりと口を開いた。

以前教室で、わたしの机の下に落ちていたルーズリーフを拾ったこと。

そしてそこには、男子生徒の絵が描かれていたこと。

その絵の男子が、自分とよく似ていたこと。

もしかして、と授業中わたしをうかがっていたら、こっそり絵を描いているところ

を目撃《もくげき》したこと。

それらをためらいがちに話す矢野くんに、わたしはもうどんな顔をしていいのかわからなくなった。

まさか、誰にも知られていないと思っていたあの授業中の絵を、モデル本人に見られていたなんて。

「恥ずかしくて死にたい……」

「はは。俺はうれしかったけどな。沢井の絵のファンだし」

「ふぁ、ファン？ わたしの絵の？」

「そ。今どんな絵描いてんの？ 今度美術部見にいっていい？」

「見学ＯＫだからかまわないけど……」

「やった。実は学園祭の時も、美術部の展示見にいったんだ。たしか一年の時は朝の通学路の風景で、今年は沢井のお母さんの絵だったな。見た瞬間、やっぱ好きだわって思ったよ」

そうだ。今年の学園祭では出勤する母の背中を描いた。

放課後の様子じゃなくても好きと言ってもらえたことにほっとする。

「あとさ、入学してすぐの頃、女子たちがお弁当を広げている絵も飾ってあっただろ？ あれ見た時も、いいなと思ったんだ。こいつやっぱすげえって」

いつになく興奮気味で饒舌《じょうぜつ》な矢野くんの様子に、本当にわたしの絵を好きでいてくれたことが伝わってきて心が震えた。

ずっと嫌われていると思っていた相手が、そんなにわたしの絵を見てくれていたなんて。

あまりにうれしくて、言葉が出てこない。

ありがとう、というお礼すら、胸につかえて声にならない。

人とのコミュニケーションが苦手なくせに、人物画ばかり描いている自分ってどうなんだろうと思っていたけれど、矢野くんに認めてもらえて、好きなものを描いていいんだと自信をもてた気がした。

人の気配《けはい》のない廊下を、手をつないでゆっくり歩く。

陽《ひ》が落ちた廊下は薄暗いけれど、静かで冷たい空気がなんだかいつもより綺麗に感じられた。

ああ、幸せだな。

つないだ手の温もりの優しさに、じんわりとこみあげてくるものがある。

けれど矢野くんのもう片方の手にあるアルバムが視界に入ると、一気に気持ちが沈んだ。

「矢野くんとこうなれてうれしいけど……残念だな」

「残念って？」

「最後だからっていう想いがあったから、矢野くんに気持ちを伝えられたわけだけど。まさかこうなるとは思ってなかったから……」

告白できて、矢野くんにも好きって言ってもらえて、どうやら彼氏彼女の関係になれたようだけれど。

でもやっぱり、明日でお別れと思うと複雑だ。

わたしのそんな気持ちが通じないのか、矢野くんは階段をのぼりながらこっちを見て眉を寄せた。

「どういう意味？」

「だから、せっかくその……りょ、両想い？ になれたのに、すぐ離ればなれになっちゃうわけだし」

「離ればなれ？」

「あ！ で、でも、離れてもわたしの気持ちは変わらないよ？ 遠距離《えんきょり》になったって、矢野くんを好きっていう気持ちは絶対薄まらない自信があるし！」

大胆にもそう言いきってしまった。

その言葉に矢野くんはとまどいながらもうれしそうだ。

「お、おお。それはなんていうか……うれしいけど。つーか遠距離って？」

「え？」

「沢井、どっか遠く行くの？　初耳なんだけど」

「え？……えっ⁉」

「まさか転校するとか？」

これは……どういうこと？

教室の前まで来て、お互い顔を見合わせ立ち止まった。

わたしたちが口を閉じると、静かな廊下は沈黙が満ちて耳が痛いくらいだ。

なんだかおかしい。

矢野くんと話が噛みあっていない。

まさか付き合うことになっても、まだ転校することを秘密にする気でとぼけているんだろうか。

いや、そんなまさか。

そこまでする必要があるだろうか。

「あの……それは、矢野くんだよね？」

「俺？」

自分を指差す矢野くんに、こくりとうなずいてみせる。

矢野くんが転校するというから、わたしは言わせ隊の大役を引き受け、放課後に臨《のぞ》んだんだから。

「だって矢野くん、明日転校するんでしょう？」

「はあ？」

矢野くんは自分を指したますっとんきょうな声をあげた。

そしてぎこちなく笑って「なんで俺が転校すんの？」と質問を返してきた。

決してウソをついたり、その場をごまかしているようには見えない。

そもそもそういうことができない性分な人のはずなんだ、矢野くんは。

あれ……？

でも、それじゃあおかしくない？

よくよく考えてみたら、ウソやごまかしが嫌いなまっすぐな矢野くんが、転校することを黙っている、ということがすでにおかしい。

彼ならきっと、転校が決まった時点ですぐに「転校することになった」とさらりと栄田くんあたりに報告するんじゃないだろうか。

「や、矢野くん！」

「お、おう」

「転校しないのっ⁉」

「だから、しないって。うちの親の会社、転勤とかもねぇし」

矢野くんがはっきりと転校を否定しながら、わたしの手を引いて教室のドアを開ける。

わたしはどういうことかと混乱《こんらん》しながら、手を引かれるまま教室に入り、その瞬間たくさんの破裂音《はれつおん》に迎えられた。

驚いて矢野くんにしがみつく。

その拍子《ひょうし》にわたしの手にしていたカバンと、矢野くんの持っていたアルバムが硬い床に落ちた。

「ハッピーサプライーズ‼」

合唱《がっしょう》のような明るい大きな声に、ハッと黒板のほうを向けば、視聴覚室にいたはずのクラスメイトたちがそこにいた。

茅乃や栄田くんも、みんな揃っている。

無数の紙吹雪《かみふぶき》が舞い、色とりどりのテープが床に散乱《さんらん》している。

さっきの音はみんなが手に持っているクラッカーだったらしい。

そしてみんなのうしろの黒板には、大きく『祝・カップル誕生！』とハートつきで書かれていた。

「ふたりともおめでとう！」

「おめでとう千奈！　よくがんばった！」

「おいやったな矢野！」

「俺たちに感謝しろよ！」

「そうだそうだ！　俺らがいなかったら、絶対うまくいってねぇかんな！」

「よかった～！　千奈が幸せになれてよかったよぉ」

「みんなふたりのこと、ずっと応援してたんだから！」

「そうそう。はやくくっつけよーってね」

「いやあ、めでたい！　これで俺らも安心して学校生活を送れるな！」

口々にそんなことを言って、ハイタッチまでしあって盛り上がるクラスメイトたちを、わたしと矢野くんは呆然と見るしかない。

いったい何が起こってるんだろう。

さっきまでここにはわたしと矢野くんふたりきりで、みんなは視聴覚室にいて、わたしは作戦失敗でみんなに『ごめん』とメッセージを送って、それで、それで……。

「ど……どういうこと？」

「やだ。千奈、まだわからないの？」

大騒ぎする輪の中から抜け出してきた茅乃が、あきれたように笑う。

「実は、矢野が転校するからサプライズをするって話はウソ」

「ウソ⁉」

「そう。実際はそういうサプライズだったの。あんたと矢野へのね」

矢野くんは頭をかきながら「そういうことか」と苦々《にがにが》しげにつぶやく。

理解するのが早すぎるんじゃないだろうか。

わたしはまだ話がまったく飲み込めない。

「でも、どうしてそんなこと……」

「だってあんたたちが、ちーっとも進展しないから」

「わ、わたしたちのせいなの？」

察しのいい矢野くんはおいといて、理解できずにいるのはわたしだけか。

「はたから見たらすぐ両想いだってわかるのに、当の本人たちがてんで鈍くてダメなんだもの。お互いこじらせちゃってて、これはほっといたらうまくいかないなって、みんなの意見が一致して。栄田とわたしが発起人《ほっきにん》になってこのサプライズを計画したのよ」

騒ぎの中心にいる小柄な栄田くんに目をやって、茅乃が肩をすくめる。

クラスメイトから見たら、矢野くんは素直に自分の想いが伝えられずイラついてばかりだし、わたしはわたしでその矢野くんから嫌われていると思い込んでオドオドしてばかりだし、ずっとやきもきしていたのだという。

そこで見かねて、わたしの親友と、矢野くんの親友が主導してこのサプライズ企画を立てた、ということらしい。

知らなかったのはわたしと矢野くんのふたりだけ。

単純なわたしはまんまとだまされたわけだ。

それにしたって……みんな演技《えんぎ》がうますぎる。

お昼休みの、最初の『矢野が転校する』と栄田くんが教室で叫んだあたり、それに驚いたみんな、全員俳優《はいゆう》になれるんじゃないかというくらい違和感がなかった。

それともわたしが鈍すぎるんだろうか。

視聴覚室での栄田くんの叫びにも、心が震えるくらい感動したんだけどなぁ。

「じゃあ……」

まだ手をつないだままの、憧れの、好きな人を見上げる。

「じゃあ、矢野くんは本当に転校しないの……？」

涙目で、声の震えているわたしを見つめて、矢野くんはニッと白い歯を見せて笑った。

「しねぇよ。どこにも行かない。俺はずっとここにいる」

その答えに、涙がまたあふれて止まらなくなった。

でも今度の涙はとてもとても温かくて、心にぽっかりとあいていた穴すら埋めていくように、染みこんでいく。

「あー！　矢野が沢井さん泣かした！」

「さっそくかよ、この鬼畜《きちく》！」

「うるせぇてめーら！　あとで覚えてろよ！」

「すごんでもムダだぞ矢野。顔がニヤけてる」

「矢野くん、千奈を大事にしてよね～！」

「ふたりともお幸せに！」

クラスメイトたちに冷やかされ、矢野くんは「うぜぇ」とうんざりした調子でつぶやいたけど、つないだ手をまたそっと握り直してくれた。

それがあまりに優しい仕草で、わたしは泣きながら笑った。

矢野くんは明日、転校しないらしい。

僕らの
放課後

僕らの放課後

終業のチャイムが鳴り響く。

担任の小森先生が教室を出ていき、ガタガタと椅子を引く音があちこちであがる。

わたしも机の中の教科書や道具を通学カバンにしまって立ち上がったところで、すぐ横に誰かが立った。

「千奈〜！　ちょっとお願いがあるんだけど〜」

「由香ちゃん。どうしたの？」

「今日部活の準備当番だったのすっかり忘れてて。すぐ行かなきゃなんだけど、掃除当番代わってくれないかな〜って」

拝《おが》むように両手を合わせうかがってくる由香ちゃんに、つい「いいよ」と反射的に返してしまいそうになる。

けれど教室のうしろのドアにもたれるようにして、こっちを見ながら待っている人の姿が目に映《うつ》り、口癖のような「いいよ」をあわてて飲み込んだ。

「えーと……ごめんね。実はこれから映画を観にいく約束をしてて……」

ポツリポツリとわたしが言うと、由香ちゃんは目をまん丸にした。

わたしが断るとは予想もしていなかったのかもしれない。

けれどすぐに何か思い当たったようにニヤリとした笑みを浮かべた。

「ああ、なるほど。矢野とデートってわけだ？」

「う、うん」

「デートならしょうがない。ほかを当たるから、千奈は気にせず楽しんでね！」

「ごめんね由香ちゃん。ありがとう」

トンと軽く背中を押され、カバンを手に彼の待つドアへと向かう。

少し振り返った自分の席には、笑顔の由香ちゃんと手を振る茅乃がいて、照れくさくなりながらわたしも笑って手を振り返した。

「お待たせ、矢野くん」

ドアにもたれかかっていた矢野くんが、身体を起こして首をかたむける。

「早く行こーぜ。映画はじまっちまう」

「うん！　急ごう」

肩を並べ、駆け足で廊下を行く。

あの「矢野くん転校サプライズ」騒動《そうどう》からおおよそ一週間。

矢野くんとわたしが付き合いはじめたことと、サプライズ演出のことは瞬《また》く間に学校中に広まったようで、ふたりで一緒にいると時折《ときおり》声がかかったりする。

追い抜いていく生徒たちから注がれる視線が恥ずかしい。

今日も「よっ！　お幸せに！」「これからデートか」なんて冷やかされ、矢野くんはジロリと鋭い視線を投げかけながらも、まんざらでもない表情を見せる。

途中で手を取られ、ぐんと力強く引かれて驚いたけど、矢野くんが楽しそうだからわたしも笑った。

わたしたちの放課後は、今日も笑顔であふれている。

END

特別書き下ろし
番外編

理想の放課後

すべてがどこかぼんやりとしていた。

漫画《まんが》の続きの予想を語り合い、笑っているクラスメイトのうしろをひとり黙って歩く。もうすぐ昼休みが終わるという時間の廊下は、行き交う生徒たちの動きが激しく、バタバタした空気が流れていた。

午後イチの授業は音楽。

音楽はあまり好きじゃない。歌は苦手だし、楽譜《がくふ》を見ても記号がおたまじゃくしにしか見えないし、偉大《いだい》な作曲家というものにも興味はない。

好きな教科は体育。

運動は全般《ぜんぱん》得意だし好きだ。なかでもサッカーは、小学生の頃から少年団に入って熱中していた。

仲間にパスがつながった時、ドリブルで相手を抜かした時、自分でゴールを決めた時。何ものにも代えがたい喜びがあふれてきて、どんどん好きになっていった。

だから、これからもボールを追う日々は続いていくんだと思っていた。

そう、先週までは。

薄っぺらい教科書片手に音楽室へと向かう廊下の途中。

前方から見知った顔がいくつかやってきたことに気づいて、内心舌打ちする。

サッカー部の三年がふたりと、二年と一年がひとりずつ。

あっちも俺に気づいたようで、それぞれ反応を見せた。

あからさまに嫌そうな顔をする奴。

ニヤニヤと癇《かん》にさわる笑いを浮かべる奴。

顔色を変えておどおどする奴。

気まずそうに眼をそらす奴。

反応はさまざまだけど、どれも俺に対して好意的じゃないのは共通していた。

「空気読めない奴がいなくなってせいせいしたよなー」

「お前らも部活やりやすくなったと思うだろ？」

「いや……そう、すね」

「だよなー」

すれ違いざま、わざと俺に聞こえるように大声で会話しながら横を通りすぎていく。

くだらない。付き合ってやる義理もない。

どうでもよかった。

元チームメイトの悪意すらぼんやりとしていて、その輪郭《りんかく》も曖昧で、俺の心には響かない。

「矢野……気にすんなよ」

今のサッカー部員たちの嫌がらせに気づいたクラスの友人が、俺を振り返り気づかうように声をかけてくる。

同情と心配をないまぜにした視線すら、どうでもよかった。

「べつに、気にしてねぇよ」

ウソは言っていない。

あれだけ夢中で打ち込んでいた部活も、やめてしまえばその瞬間、俺にとって無価《むか》値《ち》なものに変わっていた。

先輩、後輩、上下関係なんてつまらないものにとらわれて、自分の意見を飲み込むなんてどうかしてる。

俺はチームを強くしたかった。

自分が試合に出たいのは当然だけど、弱いチームで試合に出て負けるんじゃ意味がない。

部の練習の質を上げて、部員全体の力を底上げしたかった。

それがチームの強さになる。

チームを強くしたいという願いは、部員全員に共通することだと信じて疑わなかった。

でもそれは俺の思い込みで、俺がやったことはすべて独りよがりだったらしい。

練習内容にもどんどん意見して、三年生ばかり優遇《ゆうぐう》して実力のある下級生をあと回しにするやり方を改善《かいぜん》するべきだと訴えた。

それは二年でレギュラー張ってる自分にしか言えないことだから。

試合後の反省会でも、相手が先輩だろうと遠慮なくプレーのミスを指摘した。

フィールド上での上下関係なんて無意味だからだ。

まずかった点を反省し、次に活《い》かす。

そのために練習も変える。

俺が提案したことに間違いはなかったはずだ。

でも自分たちが間違っていることを受け入れられない人間は部活にいないという、俺の認識のほうが間違っていた。

「だーかーらー。瞬が謝ってサッカー部に戻ればいいじゃん。そしたら女々《めめ》しい嫌がらせされることもなくなるでしょ」

混雑《こんざつ》するファストフード店でもよく通る声でそう言ったのは、藤枝由香里。

少し前に告白されて付き合っている、同じクラスの女子だ。

「嫌だね。なんで戻んなきゃいけねぇんだよ」

「だって瞬はサッカーが好きなんでしょ？　部活やめてどこでサッカーするの？」

ひとりでサッカーができるとでも？　とあきれたように言われ、言葉に詰まる。

本当にこの女は言うことに遠慮がない。

藤枝に告白された時には、正直部活に打ち込みたかったから一度断った。

それでも「サッカー部優先でいいから」と押しきられ、なし崩し的に付き合うことになった。

強引でワガママな感じはあるけど、はっきりものを言うところは悪くないと思う。

部活を優先できるならまあいいか、と彼氏彼女の関係になったはいいものの、一カ月ほどで俺は退部しヒマになってしまった。

部活をやめた弊害《へいがい》は、元チームメイトにイヤミを言われることよりも、放課後時間が空いてしまったことのほうが大きい。

おかげで毎日のように藤枝にまとわりつかれている。

「まあまあ。矢野にも事情があんだよ」

「そうそう。それに戻ったとしてもまたぶつかるだけだろ？」

放課後よく一緒に過ごすようになった、同じ帰宅部のクラスの男子たちが苦笑いを浮かべながら俺をフォローする。

「そんなことあたしだってわかってるし！　っていうか、なんで近藤《こんどう》くんたちもいるの？　瞬とあたしのデートなのに」

「ちげぇよ。俺と近藤と中井《なかい》でここ来る予定だったのに、お前が割り込んできたんだろ」

「はあ？　なんで彼女より男友だちを優先するわけ？　あたしが優先していいって言ったのはサッカーだけなんだけど！」

くっきりとした猫を思わせる目ににらまれ、顔をしかめる。

藤枝は顔が整っているだけに、笑顔が消えるとキツい印象を与える。

家が金持ちのお嬢さまらしいし、自分優先で甘やかされてきたんだろう。

俺がサッカー部をやめたのも気に入らないし、やめたのに自分を何より優先しないことも気に入らないようだ。

心底《しんそこ》面倒くさい。

俺は「まあいいか」なんて、五文字で藤枝と付き合うことを了承してしまったことを、早くも後悔していた。

「知るかよ。サッカーをやめたからって、お前を優先するとは言ってねぇ」

「あたしは彼女でしょ!?」

「つってもなぁ……。部活やめるつもりはなかったし」

正直、お前を彼女扱いするつもりもなかった、とはさすがの俺も口にはしなかった。藤枝と向き合う時間ができて初めて、面倒でも断っておくべきだったかと反省したのだ。

「矢野はサッカーバカだからなあ。女子に興味なかったんだし、仕方ねぇよ」

「これから時間はたっぷりあるんだし。矢野も彼氏のなんたるかを学んでいけばいいんじゃね？」

近藤と中井がフォローするように発言する。

そんなものは学びたくない。

心の声が顔に出ていたのか、藤枝は俺を見てムッとした顔になり、妙にてらてら光る唇を不満げにとがらせた。

「あたしはサッカーしてる瞬が好きなのに」

なんでやめちゃったの？というセリフに今度は俺のほうがカチンときた。

「だったら別れようぜ。お前、面倒くさい」

「やだ！　瞬のバーカ！」

小学生みたいな悪態《あくたい》をついて、藤枝はひとりで店を出ていった。

ぽかんとしたクラスメイトと、飲みかけのシェイクを置き去りにして。

「……矢野。今のはまずいんじゃね？」

「彼女に対して面倒くさい、はねぇわ」

近藤と中井に責めるような視線を向けられ、俺はジュースの残りをストローで思い切り吸った。

別れたいのも面倒くさいというのも俺の本音だけど、どうやら誰にも受け入れてはもらえないらしい。

藤枝もこいつらも、サッカー部の奴らも、どうしてわからないのか。

俺からサッカーを取ったら何が残るんだろう。

もはやすべてが面倒くさい。

なんとも行き止まりに突きあたったような気持ちでいる時に、ウィンドウの向こうに小学生の集団を見つけ、目を細めた。

じゃれ合うようにしながら歩く男子五人組は全員笑顔で、何を話しているのかはわからないけどとにかく楽しそうだ。

小学生の頃は良かった、と二年ほど前のことを無性に懐かしく思う。

サッカー少年団で放課後、日が暮れるまで毎日ボールを追いかけていた。

みんなでひとつのボールを追いかけるだけ。

そこは中学の部活のような、意味も意義もない形骸《けいがい》化した上下関係なんてない、自由な場所だった。

たったひとつ歳《とし》をとり、小学生から中学生になっただけで、自由で楽しかった場所はずいぶんと息苦しい世界に変わってしまった。

サッカーは好きだ。

でも自分を殺《ころ》してまで続けたい、とは思えない程度の好きだったのかもしれない。

情熱のすべてを注いでいた日々さえもが、ぼんやりと霧《きり》の向こうに遠ざかっていく。

腐《くさ》る以外に、俺に何ができただろう。


「展覧会行かね？」

そう言いだしたのは小学校からの腐れ縁《えん》のひとり、里塚《さとづか》だった。

ピアスにケンカ、教師に怒られそうなことはひととおりやらなければ気がすまないような不良だけど、悪い奴じゃない。

ただ芸術とは無縁な男だと思っていたので、俺も聞いていたほかの奴らも目を丸くした。

「どうした里塚。頭おかしくなったか」

「ひでぇな矢野。ほら、前に美術の授業で絵描いたじゃん？　それ全員コンクールに出されてたって知ってた？」

「知らね。なんの絵だっけ?」

「あれじゃん。学校内をどこから見て描いてもいいって、外で描いたやつ」

「ああ……」

「俺あれ時間足りなくて、最後すげぇテキトーに色塗った気がする」

「俺も」

みんな似たり寄ったりで、ほとんど記憶がない。誰も美術に関心はなさそうだ。

そんななか、里塚はひとり椅子代わりにまたがっていた自転車から身を乗りだし、興奮したように腕を広げる。

「その絵でさ、千葉《ちば》が賞とったんだって!」

「はあ?　千葉?」

「千葉って、あの千葉か?」

俺とほかのふたり、小山《こやま》と瀬古《せこ》も顔を見合わせる。

里塚も含め俺たちは同じ小学校出身の仲間だ。

そして話題に上がった千葉もまた、同じ小学校の腐れ縁。

「元柔道《じゅうどう》野郎の千葉?」

「女子にモテたいって理由で柔道やめて軽音楽部入った?」

「でも結局七回連続告白失敗して、彼女いない歴更新《こうしん》中の、千葉?」

「あ。先週また フラれたから八回連続失敗してるぞ」

「マジかよ。ある意味尊敬するわ」

「その千葉だよ！　千葉が受賞して、その絵が駅前のショッピングモールでやってる展覧会で飾られてるんだと！」

　里塚がニヤニヤ笑いながらそう言ったけど、俺たちは無言でもう一度顔を見合わせた。

　千葉は見た目からして粗雑で軽薄《けいはく》で、里塚以上に芸術とは縁遠そうな奴だ。

　誰でもいいから付き合いたいと常日頃から口にし、女子更衣室《こういしつ》をのぞこうとして教師に見つかり、指導を受けたのも一度や二度じゃない。

　トイレに行っても手は洗わないし、朝歯を磨《みが》き忘れたと言ってわざと口臭《こうしゅう》をかがせようとしたりする男なのだ。

　そんな千葉が描いた絵が、受賞？

「青天の霹靂《へきれき》って、こういうことを言うのか？」

「審査員が間違えたとしか思えねぇな」

「ガセじゃね？」

「マジだって！　なあ、行ってみようぜ。そんで千葉の絵の前で写真撮って冷やかしてやんの」

思い切りイタズラ小僧《こぞう》のような顔をして言った里塚に、俺たちもニヤリと笑ってしまった。

なんだか小学生の頃に戻ったような、ワクワクした気持ちになった。

「いいぜ。乗った」

展覧会と言っても、会場は平日の昼でも混雑するショッピングモールの一角なので、堅《かた》苦しい雰囲気はなかった。

離れたところで「これ僕の絵だ！」とはしゃぐ子どもがいて、その家族らしき人たちが微笑ましそうに見つめている。

「矢野。もっとまん中寄れ。入ってねぇぞ」

「いいよべつに。見切れてても」

「いいから寄れって。全力で千葉をからかうんだからな」

「そーそー。それがおな小出身の俺らの優しさよ」

言われたとおり少し中心に寄りながら、ちょっとだけ千葉に同情した。

それぞれピースして自撮りしている俺たちのうしろには、見慣れた中学の校舎の絵がかけられている。

その下には【千葉正義】のネームプレートがたしかについていた。

「つーか、なんで千葉の絵が受賞?」

「俺のほうがうまいんですけど」

「やっぱ審査員間違ったんじゃね?」

散々な言われようだけど、たしかに千葉の絵は特別うまいようには見えない。

まあ、美術の成績二の俺に言われたくはないだろうが、わりと雑なタッチで正直俺と大差《たいさ》ないと思う。

でもそれは千葉の絵だけじゃなく、ほかに飾られている絵も似たようなものだ。うまいなと思うものもあれば、なんでこれが?と思うようなものもあった。

やっぱり凡人《ぼんじん》にはわからないものなんだろうなと、仲間と冷やかし程度に飾られていた絵を眺めながら歩いていて、途中で俺ひとりだけが立ち止まっていた。

ある絵の前で突然、それは起きた。

まず目が吸い寄せられ、周囲の喧騒《けんそう》がスッと波が引くように消え、そして意識ごと視線が縫《ぬ》いつけられた。

俺の肩幅より大きいサイズのキャンバスには、俺たちが美術の時間に描いたのと同じ、学校をテーマにした風景が描かれていた。

けれど千葉や俺たちの絵と、目の前に飾られた絵はまるで違った。

それは教室の中と、そこから見える校庭が描かれている。

いや、描かれているのは風景じゃない。

そこにいる人、生徒たちだ。

廊下のそばで男子生徒たちが、何かの雑誌を広げ、それをのぞきこんでいる。

彼らはまるで絵の中で生きているように、笑顔で笑い合っていた。

窓際では女子生徒たちが、親しそうに顔を寄せ合い、何か内緒話でもするように微笑んでいる。

クスクスという笑い声が聞こえてきそうだ。

午後のやわらかな日差しが窓から差し込んでいる。

教室の開け放たれた窓からは、サッカーや野球など部活動にいそしむ生徒たちが描かれている。

肩を抱き大口を開けて笑っているサッカー部員は、今にも走りだしそうなほどいきいきして見えた。

遠くからグラウンドの声が聞こえているんだろうな。

ああ、いいな。

それがこの絵への感想だった。

芸術の良し悪《あ》しは、美術の成績二の俺にはわからない。

千葉の絵よりうまいだろうことはわかるけど、それだけだ。

ただ、いいなと思った。

俺もこの絵の中に入りたい、と考えるくらいに。

絵の下につけられた白いプレートには審査員特別賞と書かれタイトルと名前も入っていた。

「僕らの放課後……」

絵のままのタイトルだった。

そして、この絵にはこのタイトル以外ないなと思った。

誰もが自然で、言いたいことを言って、笑い合っている。

俺も本当は、こんなふうに過ごしたかった。

理想の放課後がこのキャンバスの中にはあった。

「泉野《いずみの》中二年、沢井千奈……」

絵の作者の名前までチェックしてしまうくらいに、俺はこの絵に魅《み》せられた。

先を歩いていた仲間たちが、少し離れた目立つところに飾られた絵の前で「さすが大賞」とか「千葉の絵と全然違う」と騒いでいたけれど、俺はここから動く気にはなれなかった。

作者の沢井千奈は、別の中学の、同じ二年生らしい。

どんな奴なんだろう。会ってみたい。強烈《きょうれつ》にそう思った。

三年が部活を引退した頃、元チームメイトから「サッカー部に戻ってこないか」と声をかけられた。

断ったけど、その後三年が卒業し、俺たちが最上級生になってもう一度「今ならうるさい奴もいないし、いいだろう」と誘われた。

うれしくないわけじゃなかったけど、あらためて無理だと断った。

いまだに後輩は廊下で会うと気まずそうな顔をするし、俺が戻ったとしても部の雰囲気が良くなることはないと、なんとなくわかっていた。

藤枝がしつこいくらい「戻ればいいじゃん」と言ってきてうんざりしていたので、受験を理由に距離を置いた。

実際塾《じゅく》通いで忙しくなったし、俺はサッカーばかりやっていて勉強ができるほうじゃなかったから、仕方ない。

仕方ない、という言いわけをしながら自然消滅《しょうめつ》を狙《ねら》っていた。

我ながら姑息《こそく》だと思うけど、これも仕方ない。

藤枝には「俺たち合わないし別れねぇ？」と言ったのだが、まるで聞く耳をもたなかったんだ。

「合わないってどこが？　あたしはべつに合わないって思ってないし」

お前が思ってなくても俺が思ってるんだよ。

何度かそれでケンカになったけど、アイツは絶対に別れると言わなかった。

だから距離を置くのも仕方のない話だろう。

自分が言いたいことを言っても、相手がそれを受け入れるとは限らないと、中二になって知った。

これは遅すぎるんだろうか。

今まで自分の意見が通ってきたのは、きっとそれが正しいからという理由だけじゃなかったんだろうなと、藤枝の存在と受験勉強で疲れきった頭で考えた。

喜びと期待と、そこにわずかな不安が入り混じったざわめきのなか、俺は高校の正面玄関入り口に貼りだされたクラス分けの一覧を見上げていた。

一組から順番に、自分の名前を探していく。

矢野瞬、矢野瞬、矢野瞬……。

クラスは八組まである。

この中から探すのはひどく面倒で、先に通知なりホームページなりで何組かわかるようにしておいてくれればいいのにと、心の中で文句を言う。

時代に合わない学校側のアナログな方針を内心なじった時、俺の目にある名前が飛び込んできた。

俺の名前じゃない。

男子でもない。

知り合いでもない。

ただ、俺が一方的に知っていただけの、それでも特別な名前。

「三組……沢井、千奈」

最近では忘れかけていたけれど、過去の記憶にまだきちんと貼りつけてあった名前。

あの絵の作者だ。

【僕らの放課後】を描いた、あの。

実は展覧会のあと、ネットに沢井千奈の情報がないか名前で検索をかけたことがあった。

それらしい人物は見当たらなかったから、沢井も俺と同じでSNSはやっていないのかもしれない。

そういうところにも親近感がわき、会ってみたいという欲は高まった。

けれど相手の中学校がわかっても、わざわざ会いにいくことはできなかった。

だってさすがに変だろう。

あんたの絵に感動したからどうしても気になって会いにきた、なんて言われても沢井も迷惑じゃないか。

どんな奴なんだろうと想像をふくらませるだけで、本人に会うことはあきらめていたのに、同じ高校に進学していたなんて。

運命か。

そんな恥ずかしいことを考えてしまうくらいに、俺は舞いあがっていた。

「あ、瞬！　瞬の名前あったよ、ほら！　五組だってー。残念。クラス離れちゃった」

そう言って俺の腕を引っぱったのは、久しぶりに会う藤枝だった。

明るい茶に染めあげた髪をしっかり巻いて、念入りに化粧《けしょう》もしているのがひと目でわかる。

中三のあいだは藤枝とほぼ関わらずにすんでいた。

藤枝の第一志望はランクの高い私立女子高だったから、俺以上にこいつのほうが勉強に追われ忙しそうだった。

このまま高校が離れれば、なかなか切れなかった彼氏彼女という関係も終わるだろうと、楽観視《らっかんし》していたのに。

「なんでお前がこの高校にいんだよ」

「相変わらずひっどーい。星女に落ちたの！　でもおかげで瞬と同じ高校に通えるし、まあいっかって感じ」

「俺は全然良くない。くっつくなよ」

「照れない照れない。ねぇ瞬。今日の帰り、部活見学行くでしょ？　あたしも一緒に行きたい。サッカー部のマネやろっかなーって思ってて」

「ひとりで行けば。俺行かねぇし」

藤枝の手を振り払い人ごみから抜け出ると、うしろから「はあ!?　なんで！」と怒りながらうるさい奴がついてくる。

「なんでって、部活入るつもりねぇから」

「だからなんで!?　サッカーやらないの!?」

「やんねぇよ」

だからこそサッカーの強くない高校を選んだんだ。

元チームメイトはひとりもこの学校に進学していない。

もう上下関係でイライラするのはこりごりだ。

「高校入ったらサッカーやるって言ってたじゃん！」

「そんなこと一言も言ってねぇよ」

「意味わかんない！　本当はやりたいくせに！」

「はあ？　俺の本当を勝手に捏造《ねつぞう》すんな」

「また部活内でモメるのが怖くてビビッてるんでしょ。かっこわる！」

「お前……いいかげんにしろよ！　うぜぇんだよ！」

入学早々、そんな目立つ言い争いをしてしまい、俺はうんざりしながら藤枝を振りきり自分の教室へと急いだ。

それを見ていた栄田に教室で声をかけられ仲良くなったのはいいけど、口の軽い栄田に藤枝との関係を言いふらされて、これもまたうんざりだった。

今度こそ藤枝との関係を終わらせるつもりだったのに、周りにカップルと認識され藤枝の態度も遠慮がなくなったのには、さすがに俺も頭を抱えるしかなかった。


「矢野って廊下に出るといっつもキョロキョロしてるよな。誰か探してんの？」

高校に入学して二週間が経った頃、購買《こうばい》へ向かう途中で栄田にそう言われ驚いた。

そんなにあからさまだったかと、恥ずかしくなる。

「いや……」

「もしかして愛《いと》しの彼女、藤枝さん？　クラス離れちゃったからせめて姿だけでも、みたいな？」

「それはない。絶対ない」

「そうなん？　つーか矢野って、彼女にも素っ気ないよなあ。あんなに美人に冷たくできるって、ある意味すげーよ」

感心したように言われ、苦いものを噛んだような気分になる。

俺はかなりはっきりと藤枝に「別れたい」と言っているはずだけど、藤枝本人にも周りにも冗談としか思われていないらしい。

なんでなんだ。みんな、おかしいんじゃないか。

それとも俺がおかしいのか？

せっかく高校に入学して、新しい生活が始まったというのに、俺は中学から引きずっているモヤモヤした気持ちをいまだに振り払えないでいた。

無性にあの絵が、沢井千奈の描いた【僕らの放課後】が見たいと思った。

「栄田。沢井千奈って女子、知ってるか？」

「え？　知ってるけど？」

「は⁉　知り合いなのかよ⁉」

キョトンとした顔を向けられ、なんとなく面白くない気持ちで叫ぶと「違う違う」と否定された。

「俺、同じ学年のかわいい子は全員チェックずみだから！」

やたらキリッとした決め顔で言われたが、言っている内容はまったくかっこよくない。

そういえばこいつ女好きって公言《こうげん》してたなあと思いながら、どんな奴か聞いてみる。

「沢井さんは三組で、美術部所属のおとなしい感じの子だな」

「美術部……」

そうか。そうだよ、美術部だ。

どうして思いつかなかったんだろう。

あんな絵を描いて受賞してるんだ。美術部に入るに決まっている。

「控え目で目立たない感じだけど、素材《そざい》がいいよな。磨く前の原石って感じ」

「素材ってお前……」

「あと清楚《せいそ》な第一印象で、性格も良さそう！」

「栄田、お前気持ち悪いな」

「なんで⁉ 教えてやったのにひどくない⁉」

ギャーギャーわめく栄田を無視して、沢井の姿を想像してみる。

控え目で目立たないけど、素材がいい。

清楚で性格も良さそう……か。

とりあえず、藤枝とは正反対の奴っぽいなと、アイツが聞いたら顔をまっ赤にして怒りそうなことを考えた。

「あっ。矢野！」

「なんだよ」

「あの子だよ、ほら。沢井さん」

そう言って栄田が指差した先をあわてて見る。

廊下の向こうから歩いてくる女子ふたりがいた。

背が高めな女子と、普通の女子。

高いほうは顔が派手めだから、普通のほうが沢井千奈か。

初めて実物を見た感動みたいなものが胸に押し寄せる。

沢井は笑っていた。

隣に立つ背の高い女子と顔を寄せ合い、口もとに手を当てて控えめに笑っていた。

すれ違う時、手が伸びかけた。

無意識のうちに沢井の細い腕をつかんで、声をかけそうになった。

けれど実際にそれができるはずもなく、沢井は俺に目を向けることもなく通りすぎていく。

ふわりと優しい香りがしたのを感じながら、去っていく沢井の背を目で追った。

「かわいいなあ」

思わず自分の心の声が出てしまったのかとギョッとした。

けどそのつぶやきは俺ではなく、隣でニコニコと笑う女好きだった。

「やっぱりかわいい。俺の目に狂いはない」

「……沢井って、そんなにかわいいか？」

「かわいいだろ。あと隣にいた吉岡さんもかなりの美人だよな！」

「お前って……そういう奴だよな。安心した」

「え？　どういう意味？」

「べつに」

特別に沢井が好き、というわけではないことはわかったので、栄田のことはもう放っておく。

沢井千奈。

あの【僕らの放課後】の作者。

絵を見た時は、ただ会ってみたいと思った。

どんな奴だろうと気になった。

でも実際本人を目の前にすると……なんだかおかしい。

あの絵のように、沢井本人にも意識ごと視線が吸い寄せられる。

細く頼りない背中に強烈な吸引力みたいなものを感じた。

無意識に制服の胸もとを握りしめていた。

なんだろう。胸が苦しいような気がする。

たぶん生まれて初めての感覚に、俺は大いにとまどっていた。

廊下の窓から射《さ》しこむ日差しが日に日に強くなってきた。

入学して二カ月が過ぎた。

俺は今日も今日とて、校舎のあちこちで沢井の姿を探してしまう。

「なーんかさあ、矢野って教室出ると落ち着きないよな」

同じタイミングでトイレから出た栄田にそう指摘され、ぎくりとする。

「そうか？」

「うん。そわそわしてる感じ」

「そわそわ……」

自分でも自覚があるので反論できない。

たしかに廊下に出れば、女子の制服でセミロングの髪を探してしまう。

三組の前を通る時はつい横目でチェックしているし。

ちなみに沢井はまん中の列のうしろ側だ。

席までしっかり把握《はあく》している自分自身を気持ち悪いと感じている今日この頃。

「あっ。もしかして彼女？」

「はあっ⁉」

まさか沢井を気にしていることがバレたのかとギョッとした。

けれど栄田は俺の隣を歩きながら、のん気に「ま、ウワサだし大丈夫じゃね？」とよくわからないことを言う。

「ウワサ……？」

「藤枝さんのことだろ？　あれ、違った？」

「違うっつーか……。それよりウワサって何？」

「うわ、やべー。俺よけいなこと言っちゃった？　忘れてくれ！」

栄田が動揺したように言った。

「アホか。よけい気になるわ。いいから言え。藤枝がどうしたって？」

藤枝とは実は最近ほとんど会っていない。

入学当初は向こうからうっとうしいくらいからんできていたけど、しばらくするとさっぱり現れなくなった。

サッカーをやれとうるさく言ってくる奴がいなくなってせいせいしていたから、藤枝の存在はまったく気にしていなかった。

正直もう自然消滅してるんじゃないかと思うくらいだ。

「あー……だからさ、ウワサね？　ただのウワサだから」

栄田は言いよどむ。

「さっさと言え」

「うー……。藤枝さんて七組じゃん？　クラス離れてるし、俺もそのクラスの奴に聞いたってだけで、直接目にしたとかじゃないんだけど」

「もったいぶるなっつーの。俺は気が短いんだよ」

「わかってるよそんなの！　怖い顔やめろ！……藤枝さんが、同じ七組のサッカー部の奴といい感じになってるってウワサだよ。マジでただのウワサだから」

「サッカー部……？」

「そう。なんか中学でけっこう活躍したっていう奴」

そんな奴がうちの高校の弱小サッカー部に入るか？

疑問に思ったけど、重要なのはそこじゃない。

そうか。藤枝はほかの男に目をつけたのか。

だから最近俺のところに来なくて、平和だったんだ。

ということは、これはチャンスじゃないか？

ダラダラと無意味に続いていた、重荷でしかない藤枝との関係を終わらせるチャンス。

そんなふうにしか思えない俺は、藤枝がよく言っていたようにひどい奴なんだろう。

「栄田……」

「あ。ごめん。やっぱ傷つくよな、そんなウワサ……」

「でかした」

「ほんとごめ……え？　なんて？」

俺の言葉を理解できずに思い切り首をかしげている栄田を放置して、購買へと足を向ける。

気分が上を向いたら急に腹が減ってきた。

我ながら単純だ。

購買前のロビーを横切ろうとした俺は、緑色の輝きを見た気がして立ち止まる。

ロビーの壁に、額縁《がくぶち》に入った絵がいくつか飾られていた。

デジャヴだ。

ある一枚の絵にどうしても目が吸い寄せられて、ふらふらとその前まで歩いていく。

いつかと同じ、強烈な吸引力を感じながら絵を見上げる。

そこにはやっぱり、笑顔があった。

木漏《こも》れ日のなか、ベンチに座り身を寄せ合う四人の女子が、それぞれ膝に弁当を広げている。

優しい緑の光のなかで、四人は楽しそうに笑い合っていた。

タイトルは【休息】。

作者は……。
「一年三組……沢井千奈」
やっぱり、と静かに思う。
いい絵だ。
俺には芸術なんてさっぱりだけど、沢井の絵はいい絵だとわかる。
だってこんなにも俺を惹《ひ》きつけてやまないんだから。
「千奈、はやく！」
その時響いた声に、ハッとして振り返る。
購買に沢井がいた。
友人に呼ばれて、笑顔で「待って」と駆けていく。
どうしようもなく、胸が高鳴った。
ああ、なるほど。
これが恋か、と。
そうして俺は、ようやく初めての恋を自覚したのだった。
二年になった。クラス替えがあった。
あの絵の作者、沢井千奈と同じクラスになれた。

だというのに、俺は今日もひとり、鬱々《うつうつ》としている。

「なあ。なんで矢野って、沢井さんに冷たいの？」

新しいクラスにも慣れてきた五月のある放課後。

六時間目のLHRが長引いたおかげで、疲労感を覚えながら靴を履き替える。

同じく汚れたスニーカーに履き替えた栄田が、不思議そうにそんな腹立たしいことを聞いてきた。

栄田は二年になっても同じクラスで、なんやかんやと行動を共にする間柄だった。

「はあ？ べつに冷たくしてねぇし」

「いや、してるだろ。さっきのLHRでも、沢井さん、お前にビビッて泣きそうだったぞ」

「……気のせいだろ」

いや、気のせいじゃない。

わかってる。俺にも沢井のおびえは伝わっていた。

いろいろあって、沢井と一緒にクラス委員をやることになった。

沢井も俺も仕方なく、という感じだったけど、実際俺は沢井に近づくチャンスだなという打算《ださん》もあって自《みずか》ら志願した。

ところが……話をするようになってみれば、沢井は俺が想像していた奴とはずいぶん違っていることがわかった。

沢井はあまり自分の意見を言わない奴だった。

友だちに頼まれごとをされて、困ったように笑いながらも断り切れずにいるところをよく見かける。

かなり押しに弱いようで、周りもそれにすぐに気づき、面倒なことは何かと沢井に押しつけているようだ。

沢井がクラス委員をすることになったのも、そういう押しに弱いところがあったせいだ。

自分の意見がないんじゃないかと思うくらい、沢井は人とぶつからないし、前に出ることもない。

おまけに、話をしている時に人の目を見ない。

いや、仲のいい奴とは普通に目を合わせてしゃべっているようだけど、俺の目だけは絶対に見ようとしないんだ。

話しかけてもすぐに目をそらされる。

おどおどとした態度を隠しもしない。

そういう沢井をこの一カ月見てきて、俺はすっかり沢井に幻滅《げんめつ》していた。

想像と違ったから幻滅するなんて自分勝手な話だけど、本当にがっかりしたんだ。

もっと自分の気持ちを言葉にする奴だと思っていた。言いたいことを言って、自由に生きる奴なんだと。

嫌なら嫌だと言えばいいのに。

ダチに頼まれても断ればいいのに。

胸を張って堂々としていればいいのに。

あんなにすごい絵を描ける奴なんだから。

「沢井さんの何がそんなに気に入らないわけ？　かわいいのに」

かわいけりゃいいのかよ、と内心ツッコミながら「気に入らないとかじゃねぇし」と返しておく。

空を見上げると、こんなに天気はいいのに心は晴れない。

今無性にボールを蹴りたいと思った。

「正直さあ、藤枝さんよりずっとかわいくない？　俺、付き合うなら沢井さんみたいな子がいいなあ」

「はあ？　ふざけんな」

「いや、べつにふざけてないけど……沢井さんってけっこう人気あるんだぜ。で、矢野は何に対してそんなに怒ってんの？」

藤枝よりかわいいと言ったこととか、沢井みたいな子と付き合いたいと言ったこととか、男どもに人気があるって言ったこととか。

うかがうように栄田に顔をのぞきこまれ、思い切り舌打ちした。

「顔怖ぇよ。そんなだから沢井さんにビビられんだぞ」

口をとがらせる栄田の尻を軽く蹴って、無言を貫《つらぬ》いた。

藤枝とは、沢井への気持ちを自覚してすぐに別れた。

「俺ら別れるってことでいいよな。お前ももう俺に興味ないだろ」

「そうだね。付き合ってた感じもしないし、別れよ」

すでにほぼ自然消滅のような形だったのもあって、驚くほどあっさりと藤枝は了承した。

例のサッカー部の男とうまくやっていたからかもしれない。

あれだけ別れないとかたくなだったくせに、と思わないではなかったが、別れられるならどうでもいい。

やっと自由だ、と肩の荷が下りたような晴れやかな気分だった。

晴れてひとり身になって二年に進級し、沢井と同じクラスになれて浮かれていたというのに、今の俺はどうだ。

沢井を見ているとイライラする。

そんな俺の態度にさらに沢井がビクビクすることになるのもわかっている。

わかっているのに、どうしても沢井が気になって、見れば見るほどイライラして、おびえられるという悪循環《あくじゅんかん》。

どうしたらこの嫌なループから抜け出せるのかわからず、俺は鬱々とした日々を過ごしながら、ひとり途方に暮れていた。


「なんてこともあったな……」

ひと気の少ない教科棟の奥。

校舎の端に位置する美術室の前の廊下で、俺はぽつりと懐かしさを胸ににじませながらつぶやいた。

目の前には美術部員の描いた絵が等間隔《とうかんかく》で並べられている。

薄暗い廊下で絵はそれぞれの個性を静かに語りかけてきた。

校舎の端ということもあって、暖房が行き届かないのか、はいた息が白くなるほど冷えている。

マフラーに顔を埋《うず》めながら、俺は一枚の絵に目が釘づけになっていた。

ほかよりも圧倒的に俺を惹きつけてやまないのは、やはり沢井の絵で。

【憩《いこ》い】と名づけられた絵は、銀杏《いちょう》並木の下を歩く制服姿の男女ふたりのうしろ姿が描かれていた。

地面に降り積もった落ち葉は黄色い絨毯《じゅうたん》を作り、歩くふたりの足もとからカサカサと踏みゆく音が聞こえてくるようだ。

舞い落ちる葉も何やらふたりを祝福するようにさえ見える。

小さな背中しか描かれていないふたりはきっと、心から笑っているんだろう。

なんとなく、俺と沢井に似ているように感じるのは気のせいだろうか。

俺たちふたりであってほしい、そう心から願った。

「相変わらずだな……」

ウソ偽《いつわ》りのない、遠慮や鬱屈《うっくつ》したもののない穏やかな世界。

それはきっと、沢井自身がそうだからだ。

こんな絵を描ける作者は、俺と同じように言いたいことを言って自由に楽しく生きている奴だと思っていた。

けれど実際の沢井は、俺の予想を裏切り、自分の気持ちをはっきりと口にするタイプじゃなかった。

裏切る、という言い方は少し違うか。

沢井は遠慮なく自分の意見を口にする俺よりも、ずっと大人で、そして愛情深い奴だった。

少し臆病《おくびょう》で自己評価が低いところはあるけれど、ただそれだけ。

俺は沢井とよく話をするようになり、彼女の考えを知って、自分の幼《おさな》さを恥じ、反省した。

気が良くてお節介なクラスメイトたちのサプライズのおかげで沢井と付き合えることになり、俺は日々沢井から周囲への気遣いを学んでいる。

自分に絶対の自信をもつのもいいけど、周りを信用することも大切だと沢井が教えてくれた。

最近では、周りから「よく笑うようになった」とか、「雰囲気がやわらかくなった」と言われることが多い。

そして沢井はというと、俺のスパルタで少しずつ自分の気持ちを口にしたり、無茶な要求を断れるようになってきている。

ことあるごとに、「矢野くんはすごいね」と言ってくれる沢井はかわいい。

ものすごくかわいくて、教室でうっかり「沢井はかわいい」と何度口にしそうになっただろう。

そんなことを教室で言った日には、悪乗りするところがあるクラスメイトたちの格好のエサだ。

卒業までからかわれることになるに違いない。

ニヤニヤと笑う栄田や吉岡の顔が目に浮かび、頭を振って打ち払う。

その時、静かだった美術室の扉が開かれた。

生徒がひとり、またひとりと出てくる。

美術部の活動が終わったらしい。

部員たちはみんな、ちらりと俺に目を向けながら、静かに廊下を去っていく。

時々「お疲れ」と声をかけあう部員もいたが、共通してみんな静かだ。

それでもよそよそしい空気がないのは、それぞれがそれで良いと、その静かさを好んでいるからなんだろう。

栄田がいたら、「こんな静かな場所で俺どうやって息したらいいの⁉」なんて言って騒ぎそうだ。そんなシーンを想像して、ひとり笑う。

しばらくして出てくる生徒の波は切れたけど、沢井はまだ美術室から出てこない。中をのぞいてみようかと思った時、ようやく待ち人が来た。

ところが、沢井はひとりじゃなかった。

「お疲れさまです、部長」

沢井のすぐあとに、すらりと背の高い男子生徒が出てきた。

あのクラスのサプライズがあった日、教室まで沢井の様子を見に来た美術部部長の三年だ。

「全然疲れてないよ。部活は僕の憩いの場だからね」

「大学の推薦も決まって受験はもうないのに、憩いですか？」

「だからだよ。受験モードのクラスのなかで僕ひとり浮いてるからね。ピリピリした空気は苦手だし……あ」

そんな会話を交わしながら歩いてきて、部長のほうが先に俺に気づいた。

目が合ってしまったのに無視するのもおかしい。

相手は先輩なので、一応礼儀《れいぎ》として小さく頭を下げておく。

相手もにこりと笑って会釈《えしゃく》したことで、沢井が気づいて振り返り、俺を見て目を丸くした。

「えっ。や、矢野くん？」

「よう。お疲れ」

「ど、どうしてここに……」

オロオロとする沢井に、しまったなと思う。

沢井にはサプライズは向いていない。

あらかじめスマホで「待ってる」と連絡しておけば良かったか。

「待ってた。一緒に帰ろうと思って」

「ずっと待っててくれたの？　寒かったでしょ。ごめんね」

「謝るなよ。俺が待ちたくて勝手に待ってたんだから」

「そ、そっか。ごめん……あ」

また謝ってしまったことに気づいてあわてて口を閉じる沢井に、相変わらずだなと苦笑する。

俺が笑うと、沢井も眉を下げながら照れ笑いをした。

「彼氏、待っててくれたの？」

恥ずかしさでむずがゆいような空気が流れた時、美術部部長が声をかけてきた。

俺より少し背の高い相手は、やわらかい声で、やわらかい笑顔を浮かべる、俺とは雰囲気の一八〇度違う奴だと思った。

「はい。ビックリしました」

「よかったね。じゃあ今日は彼氏に送ってもらうといいよ」

「そ、そう、ですね」

「僕はお先に。また明日ね、沢井さん。気をつけて」

ポンと気安く沢井の肩を叩き、美術部部長は俺にもにこりと笑いかけると先に帰っていった。

その背に沢井が「お疲れさまでした」と律儀《りちぎ》に頭を下げる。

「……今日は？」

俺は部長の言葉の気になった点を指摘する。

「え？」

「もしかして、いつもあの部長に帰り送ってもらってんの？」

無意識のうちに剣呑《けんのん》な声になっていたのかもしれない。

沢井は弱ったように視線をさまよわせて、小さくうなずいた。

「お、送ってもらってるっていうか、帰る方向が一緒なの。部長も同じ中学出身だから、住んでる場所もわりと近くて……」

「は？　そんなの初めて聞いたんだけど」

「えっ。ご、ごめんなさい。特別なことだとは思っていなかったから……」

言う必要がないと判断していたわけだ。

まるで俺に見せつけるような部長の親し気な態度にも、オドオドする沢井の態度にも一気にイラ立ちがふくらむ。

けれどここで沢井にその感情をぶつけたら、また以前のように後悔することになる。

落ち着け、と心の中で自分に言い聞かせ、ゆっくり長く息をはき出して、イライラも一緒に身体の中から追い出すように意識する。

沢井は悪くない。

オドオドするのは、俺のことを心配しているからだ。

俺を傷つけたんじゃないかと、気にしてくれているからだ。

そう考えると、少し胸の奥が温かくなり気持ちが落ち着いてくる。

「沢井」

「は、はい」

「俺、明日からできるだけ、沢井が部活終わるの待ってるわ」

「はい……えっ⁉」

「ダメ？」

俺が首をかしげると、沢井は疑問符を貼りつけたような顔をして数秒固まった。

「沢井？」

「ダ……ダメっていうか、その。ど、どうして？」

「どうしてって、沢井と一緒に帰りたいから」

今までの経験上、遠まわしに言っても沢井にはなかなか伝わらないことはわかっている。

自分の気持ちを正直に打ち明ける恥ずかしさは今は忘れることにして、ストレートに言ってみれば、沢井はみるみるうちに顔をまっ赤にしてうつむいてしまった。

「で、でも。帰るの遅くなるし。寒いし。それに待ってるあいだ、つ、つまらないんじゃ……」

「図書室とかで時間つぶすよ。そろそろちゃんと勉強しろって、親にも言われてるしな」

「そ、そうなの？　でも……」

「ま、とにかく行こうぜ。外まっ暗だし、送ってく」

最初からそのつもりだった。

べつにあの部長に対抗《たいこう》したとか、そんなんじゃない。

薄暗く冷え込む廊下も、沢井と並んで歩くと不思議と優しく温かい空間に変わる。

彼女がほしいなんて今まで思ったことはなかったが、沢井といる時にだけ感じるこの心地よさを知ってしまうと、いなくてもいい、なんてもう二度と言えない気がした。

沢井のことを大切に思えば思うほど、藤枝とのことを後悔する自分がいる。

藤枝も、俺とこういう時間を過ごすことを望んでいたのだろうか。

でも俺には無理だった。

やっぱり好きでもない奴と付き合うのは間違っていた。

たとえあきらめ悪く食い下がられ、断ることすら面倒に感じていたのだとしても。

あのクラスのサプライズがあった日、藤枝に勉強を教えろとせがまれ、早く追い払いたかった俺は藤枝のわがままを渋々受け入れた。

俺がはっきりものを言っても引かない人間はそういない。

そういう人間とも折り合いをつけていかなければいけないんだと教えてくれたのが

藤枝という存在で、そういう意味では感謝するべきなのかもしれない。

「ねぇ、瞬。あたしたちさあ、似た者同士っていうか、わりと気が合うじゃない？」

俺が勉強を教えてやっているというのにちっとも聞いていない様子の藤枝は、あの日そんなことを言ってのけた。

どの口が言うんだとあきれたが、元から藤枝はそういう奴だった。

「だからさ、やり直さない？　瞬もあたしと別れてから彼女いなかったし、いいでしょ？」

「お前な……」

彼女を作らなかったのは、自分に未練があったんだろうとでも言いたげな藤枝に、あきれを通り越して感心すらした。

俺も自信家だという自覚はあるけど、こいつも大概《たいがい》だ。

何をどう言えば藤枝があきらめてくれるか考えていると、沢井が来た。

あのアルバムを俺に差しだしながら、今にも泣き出しそうな顔をして笑った。

そのあと藤枝が何か言っていた気もするが、正直まったく覚えていない。

逃げるように去っていった沢井のことが気になって、アルバムを見た時の衝撃もあって、藤枝のことを気にかける余裕がなかった。

アルバムを持って沢井を追いかけ、お互いの気持ちを伝えあったあとも、藤枝の存在は忘れていて、思い出したのは夢見心地で家に帰ったあとだった。

最低だなと自分でも思う。

だから誠心誠意断ろうと決めた。

次の日学校で藤枝を呼び出し、昨日の態度をわびて、あらためてお前と付き合う気はない、とはっきり伝えた。

「なんで？　もう瞬にサッカーやれって言わないから」

「……それはもうどうでもいい。お前と気が合うとは俺はまったく思わなかったし、また付き合いたいとはどうしても思えない。それに俺、彼女できたから」

「……それって、千奈ちゃん？」

面白くなさそうに言われ、俺はどんな顔をしていいのかわからないままうなずいた。

それで終わり。

藤枝は「ふうん」とだけ言うと、もう俺に興味を失ったように去っていった。

それまでのしつこさを思うと、異様なほどあっさりしていたので拍子抜けだったが、ひどく安心する自分がいた。

藤枝に対して不誠実だったことを反省して、沢井には全力で誠実でいようと思った。

生徒玄関まで来ると、下校する運動部の集団と一緒になった。

その中に藤枝の姿を見つけて気まずく思っていると、向こうも俺に気づいて顔をしかめた。

つい最近まで俺に復縁《ふくえん》を迫っていた奴の表情とはとても思えない。

けれどそのあからさまな嫌悪《けんお》の理由はすぐにわかった。

藤枝はバスケ部の背の高い男と一緒だったから。

何やら見せつけるようにして腕を組み、こっちに冷ややかな視線を投げかけて先に外へと出ていく。

「はあ。なるほどな」

もう次の男を捕まえていたらしい。

冷たい俺にも一応あった、わずかばかりの罪悪感を吹き飛ばしてくれる藤枝はさすがだ。笑いだしたい衝動に駆られる。

妙に感心していると、横で沢井がぽつりとつぶやいた。

「藤枝さん、バスケ部の米山《よねやま》くんと付き合いはじめたんだって」

気になる?と上目遣いで聞いてきた沢井のかわいさに、ニヤけそうになる顔を必死に引き締める。

「いや、まったく。つーか、沢井知ってたんだ?」

「うん。栄田くんが言ってた」

「アイツはよけいなことしか言わねえな」

俺が舌打ちすると、沢井は少し頬をゆるめた。

「栄田くん、わたしのことを心配していろいろ気を遣ってくれてるんだよ。いい人だよね」

「そうか……？」

「それに矢野くんのこと、大好きみたいだし」

「おい。誤解《ごかい》を招く言い方はやめろ。アイツあんなトボけた感じなのに、妙に鋭いんだよな。その上お節介だし」

「ふふ。でも……わたしたちが付き合えたのは、栄田くんのおかげでもあるよね」

「……まあな。それは否定しない」

沢井が好きだからこそのイラ立ちを、どうすることもできずにもてあましていた俺を見かねて、栄田があのサプライズを企画してくれたのだ。

あれがなければ、たしかに、今こうして沢井と並んで歩いてはいなかっただろう。

「それを言うなら、お前のダチの吉岡もだろ」

「そうだね。茅乃には頭が上がらないよ。それにクラスのみんなにも」

「べつにアイツらが好きでやったことなんだから、沢井がそんなに恩《おん》に着ることもないんじゃね？」

「みんなもそう言ってくれてるけど、やっぱりみんなのおかげだし、それより何よりうれしかったから……」

そう言って心からうれしそうに笑う沢井は、いまいちわかっていないんだろう。

どうしてクラスの奴らが協力して、あんなサプライズを決行したのか。

栄田と吉岡の提案からはじまったらしいけど、あれはクラスの奴らが沢井のことが好きだからだ。

いつも笑顔で頼み事を引き受けてくれる沢井に感謝しているからだ。

自分のことより周りを大事にする沢井を、みんなが大事に思っているからだ。

沢井はまるで自覚がないようだけど、クラスで一番愛されている。

まあ、その気持ちの一番は俺だけどな。

なんて恥ずかしいことを、恥ずかしげもなく口にできるような奴なら、もう少し早く沢井と仲良くなれていたんだろうな。

「……沢井」

「何、矢野くん」

「さっきはできるだけって言ったけど、明日から毎日、部活終わるの待っててていいか」

「え……でも」

「俺がそうしたいんだ。あの部長じゃなくて、俺に沢井を送らせてくれ」

それは明らかな嫉妬心を含んだセリフだった。

沢井も正確に読み取ったようで、じわじわと頬を赤らめていく。

「え、ええと……」

「ダメか？」

「ダメじゃないよ！　わたしはうれしいけど……でも負担《ふたん》になるよ。矢野くんの家と、方向違うし、遠回りしなきゃいけなくなるよね」

「真逆ってほどじゃないし、言うほど大変じゃねぇよ。それより、沢井が毎日あの部長と一緒に帰るってほうが、気になって嫌だ」

「そ、そっか……」

「いい？　待ってても」

もう一度尋ねる。

今度はわざと顔をのぞきこむように近づいて。

沢井は耳までまっ赤になりながら、うんうんとうなずいた。

「や、矢野くんが大変じゃなかったら、お願いします！　その、わたしも、うれしいし」

「良かった」

俺が笑うと沢井もふわりと笑う。

沢井の笑顔って、花みたいだなと思う。

薔薇《ばら》みたいな派手な花じゃなく、もっとひかえめに咲く小さい花だ。

沢井が笑うと、彼女の周りにそんな小さなかわいい花がいくつも咲いて見える。

ああ、好きだな。

そんな想いが高まっていく。

「キスしていい？」

「うん……ええっ⁉」

俺の突然のお願いに、すっとんきょうな声をあげて丸い目を見開く沢井に苦笑する。

「ダメ？」

「ダ……メじゃ、ない」

「良かった」

沢井が断れないとわかっていて俺も言ってるわけだけど、そのことは彼女は気づいていないんだろう。

どうしても嫌なら、今の沢井なら断れるから、多少強引でもいいだろうと自分に言いわけをする。

沢井の細い肩をつかむと、彼女は必死な様子でギュッと目を閉じた。

俺の手も沢井の緊張がうつったように震えている。

静まれ、俺。と、心の中で言い聞かせる。

こわばった顔もまたかわいくて、沢井が目をつむっているのをいいことに、俺は彼女をじっくりと眺めながら、その唇にそっとキスをした。

やわらかくて温かい、初めてのその感触に、ぞわりと何かが背筋《せすじ》を駆け抜ける。

震える肩がかわいくて、かわいそうで、思わず力まかせに抱きしめていた。

「や、矢野くん……痛い」

「あ。悪い。つい」

つい、沢井がかわいくて。俺が守ってあげたくて。

なんて素直に口にすれば、沢井は顔をゆでダコみたいにして、それから大きな瞳をうるませて、はにかむんだろう。

そして、そんなひかえめな花のような笑顔を見られるのは、俺だけの特権《とっけん》なんだ。

沢井の細くて小さな手を握る。

その指先は絵の具で少し汚れていて沢井は恥ずかしそうにしていたけど、俺はそういう沢井の手が好きだし、心から綺麗だと思う。

「なあ。次の日曜って部活？」

「日曜はお休み、なんだけど……」

「けど？」

「ええと……部長が」

ぴくりと俺が反応したことに気づいたようで、沢井の目が泳ぎだす。

「その、美術展に行かないかって。あっ。もちろんふたりでとかじゃなく、予定がない部員はって話なんだけど」

「へえ……そうか」

本当にふたりきりじゃないんだろうな。

そう言って沢井を誘いだして、実はふたりでしたってオチじゃないのか。

あのやわらかい雰囲気の美術部部長だって一応男なんだし、そして沢井は文句なくかわいい。

そういう可能性だってあるのだ。

想像するだけでムカムカしてきた俺の手を、沢井が困ったような顔でくいと引っぱった。

「あの……でも、矢野くんがわたしと遊んでくれるなら、予定ができるから」

「……それって、部長の誘いを断るってこと？」

「う、うん」

沢井が小さく何度もうなずく。

俺の機嫌をうかがうようなその仕草は、前なら少し腹立たしく感じていたかもしれないけれど、今はただただ愛おしい。

「俺、すげぇヒマなんだよ。沢井、付き合ってくれる？」

「うん！」

沢井がうれしそうだと、俺もうれしい。

沢井も同じように感じてくれているんだろうなと、それがわかるから幸せな気持ちはふくらんでいく。

しっかりと手を握り直し、歩きだす。

薄暗い道を進みながら、沢井を家まで送れることをとても誇らしく思った。

歩きながら、どうしても気になったことをあらためて尋ねた。

「つーか、マジで部長となんもねぇの？」

「な、ないよ！　中学から一緒だけど、そんなの全然なかったよ！」

「沢井が気づいてないだけとか……」

「ないよう……。わたし、モテないもん。矢野くんが初めての彼氏だし。心配することと全然ないよ」

これは沢井の本心なんだろうけど、複雑な気持ちになった。

沢井はけっこう男子のあいだで人気があるし、栄田なんて一年の時からお前をチェックしていたんだと教えてやるべきか。

それを知って男を警戒《けいかい》してほしい気もするし、知らないままでいてほしいような気もする。

とりあえず、たぶんあの美術部部長は沢井に気があるってことは、あまり強く言わないほうがいいかもしれない。

この前のサプライズの時といい、今日の帰りといい、あの部長は沢井に絶対に気がある。しかも中学からの付き合いだというんだから、ある意味沢井の鈍さに感謝しなくちゃなと思う。

変に意識されて、ただの先輩後輩という関係を変えられても困るし。

「まあいいや。これから沢井を送るのは俺の役目ってことだけ約束してもらえれば」

「これからって……毎日？」

「朝も迎えにいってやろうか？」

「い、いいです！　それはさすがに大変だよ……」

「そうだな。俺も朝弱いし。だから帰りくらいいいだろ？」

そうやって遠慮する沢井を言いくるめて、これからずっと、一緒に帰る約束を取りつけた。

俺が基本強引なことは変わらない。

でも沢井の意思だって尊重する。

無理強《じ》いはしない。それが重要なんだ。

少しは俺も成長したんじゃないだろうか。

星が瞬きはじめた空を見上げて、ボールを蹴りたいと思った。

これから本格的な受験期間に入り、忙しくなる。

勉強は得意じゃないが、沢井と同じ大学に行くという目標があれば、乗り越えられる自信があった。

大学に入ったら、サッカーかフットサルをやるのもいいかもしれない。

今度はきっと、楽しくやれるような気がする。

「観たい映画ある？」

「うーん……あ。矢野くん知ってるかな。今話題のアニメ映画で、時間が巻き戻るやつ」

「ああ。何度も映画を観にいく女子が急増中とかいう？」

「そうそう。栄田くん、もう六回も観にいったって」

「アイツは女子か！　つーかあのバカとそんなこと話してんの？　アイツ沢井と仲良くしすぎじゃね？」

まさか、そんな会話までしているとは知らなかったから、栄田にもむくむくと嫉妬心がふくれる。

「わたしはいろいろ話してもらえてうれしいけど……」

「沢井がそうだから、アイツ調子乗んだよ。うざかったらはっきり言ってやれ」

「でも茅乃たちと恋バナする時、栄田くんもいつの間にか自然と混じってるんだよねぇ」

「だから女子か！」

沢井が鈴《すず》の音《ね》みたいな声で笑う。

夜道に俺たちの弾む会話が穏やかに流れる。

やっぱりこの時間は誰にも譲れない。

これからも言葉を尽《つ》くそう。

正反対な俺たちだから、この先ぶつかることや、すれ違うこともあるだろう。

それでも沢井を大切に思う気持ちを指針《ししん》にしていれば、ずっと同じ道を歩いていけるはずだ。

「好きだ」

これを言う時、まだ眉間にしわが寄るし、口もへの字になるけれど。

それでも出し惜しみする理由はないし、沢井には伝えることが大事なんだと思うから。

「沢井が好きだよ」

「……こんなわたしを好きになってくれてありがとう。わたしも」

瞬くんが好き。

照れくさそうにつぶやかれた一言に、俺は雷に打たれたような衝撃を受けた。

沢井が、あの内気な沢井が俺のことを名前で……。

「えへ。……名前で呼んじゃった」

顔をまっ赤にしながら笑った沢井に、俺はたまらなくなって彼女を抱きしめ、もう一度キスをした。

こんなにも俺を舞いあがらせる一言はない。

こんなにも俺を幸せな気持ちにしてくれる奴はいない。

だから俺も同じように、君を幸せにしたいと思う。

これからもずっと、君と過ごす放課後が笑顔であふれますように。

END

あとがき

はじめましての方もそうでない方も、このたびは『放課後アルバム（仮）』を手にとっていただき、誠にありがとうございます。夏木エルです。

かわいくてハッピーな話を書けたのではないかと、このあとがきを書きながら思っている作者ですが、いかがでしたでしょうか。作品にちりばめられたキュンポイントで、みなさまにも『キュン』としていただけたらうれしいです。

好きな相手に素直になれない――。そんな経験、みなさまにも一度はあるのではないでしょうか。好きだからこそ、想いを寄せる相手に対してちょっとイイところを見せようとしてしまったり、意地を張ってしまったり、気恥ずかしくて逆に素っ気なくしてしまったり。わたしも初カレができた時、そんな感じでまったく素直になれず、伝えたいことの半分も言えず、ひとりで勝手に苦しんだりしました。今となっては良い思い出です。

主人公・千奈もかなり苦しんでおりますが、番外編では矢野くんもかなりこじらせ悩んでいましたね。男子が葛藤《かっとう》している姿は書いていてとても楽しかったです（笑）。

心の中ではこんなにも千奈のことを想っているのに、口から出るのは冷たい言葉ばかり。素直になれない不器用男子、初々《ういうい》しくて好きです。矢野くんってかっこいいけどかわいいじゃん、と番外編でも『キュン』としていただけていたらいいな。

そんな不器用な矢野くんを応援していた栄田くん。なかなかいい味を出してくれました。ちょっとおバカだけどまっすぐで憎めない。矢野くんとは真逆な感じで良いコンビです。そして、消極的で自分に自信のない千奈にはしっかり者の茅乃。成長した千奈を一番喜んでいるのは、きっと彼女ですね。ほかにもたくさんの仲間に祝福された千奈と矢野くんは、これからも楽しく幸せに、仲を深めていくのだろうなと思います。まるで違うふたりだからこそ、お互いを知って尊重しあい、良い影響を与えながら大人になっていくのでしょうね。

今作でイラストを担当してくださった池田春香先生。表紙があまりにも物語にぴったりで驚きました。そして登場人物たちがいきいきと動いている漫画を読んで、感動で震えてしまいました。彼らに命を吹き込んでいただき、本当にありがとうございます！　そしていつも協力してくれる家族、変わらず応援してくださる読者のみなさまにも心より感謝を。読んでくださった方々に、大切な誰かにちょっと素直になれる魔法をかけられたとしたら、作者としてとても幸せです。

それではみなさま、最後までお付き合いいただき、本当にありがとうございます。

また別の物語でお会いできることを願って。

平成三十一年　三月某日　夏木エル

夏木エル（なつき える）

札幌出身。切なくも読後感の爽やかな物語が好き。一年中紫陽花が咲いていればいいのにと思いながら、紫陽花グッズを集めている。2008年、『告白 -synchronized love-』で第3回日本ケータイ小説大賞の優秀賞を受賞。18年には『君への最後の恋文はこの雨が上がるのを待っている』で第2回野いちご大賞優秀賞を受賞し、書籍化。そのほか、『おやすみ先輩、また明日。』、『僕らの明日の話をしよう』など、著書多数。

池田春香（いけだ はるか）

福岡県出身で誕生日は4月22日のおうし座。2009年に『夏の大増刊号りぼんスペシャルハート』でデビュー。以降、少女まんが雑誌『りぼん』で漫画家として活躍中。イラストレーターとしても人気が高く、特に10代女子に多大な支持を得ている。餃子が好きすぎて自画像も餃子に。既刊コミックスに『ロックアップ　プリンス』などがある。

夏木エル先生へのファンレター宛先

〒104-0031　東京都中央区京橋1-3-1　八重洲口大栄ビル7F
スターツ出版（株）書籍編集部気付　夏木エル先生

この物語はフィクションです。
実在の人物、団体等とは一切関係がありません。

放課後、キミとふたりきり。

2019年4月25日　初版第1刷発行

著　者　夏木エル　

発行人　松島滋
イラスト　池田春香
デザイン　齋藤知恵子
DTP　朝日メディアインターナショナル株式会社
編集　長井泉
編集協力　ミケハラ編集室
発行所　スターツ出版株式会社
〒104-0031
東京都中央区京橋1-3-1 八重洲口大栄ビル7F
出版マーケティンググループTEL 03-6202-0386
（ご注文等に関するお問い合わせ）
https://starts-pub.jp/

印刷所　共同印刷株式会社
Printed in Japan

ISBN 978-4-8137-0668-7　C0193

恋するキミのそばに。

野いちご文庫人気の既刊！

『あの時からずっと、君は俺の好きな人。』

湊《みなと》祥《しょう》・著

高校生の藍は、6年前の新幹線事故で両親を亡くしてから何事にも無気力になっていたが、ある日、水泳大会の係をクラスの人気者・蒼太と一緒にやることになる。常に明るく何事にも前向きに取り組む蒼太に惹かれ、変わっていく藍。だけど蒼太には悲しく切なく、そして優しい秘密があって——？

ISBN978-4-8137-0649-6　定価：本体590円＋税

『それでもキミが好きなんだ』

SEA《シー》・著

夏葵は中３の夏、両想いだった咲都と想いを伝え合うことなく東京へと引っ越す。ところが、咲都を忘れられず、イジメにも遭っていた夏葵は、３年後に咲都の住む街へ戻る。以前と変わらず接してくれる咲都に心を開けない夏葵。夏葵の心の闇を聞き出せない咲都…。両想いなのにすれ違う２人の恋の結末は!?

ISBN978-4-8137-0632-8　定価：本体600円＋税

『キミに届けるよ、初めての好き。』

tomo4《トモヨ》・著

運動音痴の高２の紗百は体育祭のリレーに出るハメになり、陸上部で“100m《ヒャク》の王子《プリンス》”と呼ばれているイケメン加島くんと2人きりで練習することに。彼は100mで日本記録に迫るタイムを叩きだすほどの実力があるが、超不愛想。一緒に練習するうちに仲良くなるが…？　2人の切ない心の距離に涙!!

ISBN978-4-8137-0615-1　定価：本体600円＋税

『初恋のうたを、キミにあげる。』

丸井《まるい》とまと・著

少し高い声をからかわれてから、人前で話すことが苦手な星夏は、イケメンの慎と同じ放送委員になってしまう。話をしない星夏を不思議に思う慎だけど、素直な彼女にひかれていく。一方、星夏も優しい慎に心を開いていった。しかし、学校で慎の悪いうわさが流れてしまい…。

ISBN978-4-8137-0616-8　定価：本体590円＋税

書店店頭にご希望の本がない場合は、書店にてご注文いただけます。